Gato encerrado

Gato encerrado

ENRIQUE JARAMILLO LEVI

9 Signos Grupo Editorial, 2006

P.
863
J285 Jaramillo Levi, Enrique
Gato encerrado / Enrique Jaramillo Levi. –
Panamá : 9 Signos Grupo Editorial, 2006.
148p. ; 21 cm.
ISBN 9962-660-03-3

1. LITERATURA PANAMEÑA – CUENTOS
2. CUENTOS PANAMEÑOS   I. Título.

Colección *Anclajes* No.5

Gato encerrado

ISBN: 9962-660-03-3

Portada:
José Ángel Cornejo
Diseño Gráfico y Diagramación:
Silvia Fernández-Risco
Foto en contraportada:
Silvia Fernández-Risco
Editor:
Enrique Jaramillo Levi

Impreso en Universal Books
Panamá, República de Panamá

*Para Lissy, Diego, Gorka, Zoraida, Luigi, Gina, José Ángel y Dennis,
jóvenes empresarios en esta aventura tan seria de crear una editorial,
porque confiaron en mí, sumándose al ambicioso proyecto cultural que,
con su invaluable apoyo y entusiasmo, en diciembre de 2006 convertimos
en una doble realidad: la creación de 9 Signos Grupo Editorial, S. A. y
el renacimiento de Fundación Cultural Signos, entidades paralelas que
buscan apuntalar la difusión de la mejor literatura panameña.*

*Para Neco Endara, Rafael Pernett y Morales, Carlos E. Fong A. y Javier
Romero Hernández, colegas en el arduo oficio de la escritura, quienes con
sus más recientes libros me acompañan en el "lanzamiento"
de esta nueva empresa editorial.*

Palabras al lector

Inmediatamente después que como cuentista gané el
Concurso Nacional de Literatura "Ricardo Miró" 2005 con
En un instante y otras eternidades *(INAC, Panamá, 2006),*
se me desató una singular racha de creatividad que,
entre noviembre de 2005 y julio de 2006
-ocho meses– produjo tres nuevos libros de cuentos:
La agonía de la palabra *(Letranegra, Guatemala, 2006);*
Gato encerrado *(9 Signos Grupo Editorial, Panamá, 2006) y*
Escrito está *(aún inédito), además de un poemario,*
una obra de teatro y varios ensayos (todos inéditos).
La publicación ahora de **Gato encerrado**
le añade sentido a la febril escritura gestada en aquel periodo.

Panamá, agosto de 2006

I

Siempre he sentido gran temor por las arañas, sobre todo por las tarántulas. Me parecen seres espeluznantes. Sin duda es un miedo irracional el que me invade con sólo pensar en esos bichos. Tal vez la mayor parte de las numerosas especies de arácnidos existentes es inofensiva mientras no se sientan amenazadas, pero lo cierto es que hay algo en su apariencia que me aterra, sobre todo las de cierto tamaño y aspecto crepuscular. A ello contribuye también la evidente capacidad que tienen de saltar sobre uno a la menor provocación real o imaginada, y el no saber nunca en qué momento puede ocurrir tal instantánea agresión.

La verdad es que ignoro de dónde me viene esta fobia, que sé es la de mucha gente en cualquier lugar del mundo. Tampoco me interesa averiguarlo. Lo único que me interesa con respecto a las arañas es procurar encontrarme siempre lo más alejado posible de ellas, de los sitios que frecuentan, de las historias que aluden a su existencia. En realidad es tal mi obsesión con ellas que a menudo reviso entre las sábanas y almohadas, así como debajo de la cama y de los techos y esquinas de las espléndidas habitaciones de los hoteles que mi bien remunerado trabajo de cantante me obliga a ocupar varias veces al año durante mis giras promocionales. Incluso lo hago también en mi lujosa residencia, pese a que la servidumbre que me doy el lujo de tener mantiene sumamente limpio y ordenado cada rincón. Además, cualquier lugar que yo habite debe ser fumigado mensualmente. Gracias a Dios, la sostenida calidad de mi voz y el esplendor del espectáculo artístico en que se enmarca cada presentación, junto con el éxito continuo de mis discos, me han permitido llevar una vida suntuosa en la que no sólo atiendo mis gustos sino que me cuido al máximo de los peligros de mis obsesiones. Les cuento todo esto porque hoy ha ocurrido algo extrañísimo que sólo podrá comprenderse un poco a la luz del contexto al que acabo de aludir. Y aún así, debo confesar que ni yo misma entiendo aún el sentido profundo que sin duda tiene este suceso. Pero sea cual fuere, todo ha cambiado.

II

Anoche tuvo un sueño. Como gran parte de los que llenan con sus imágenes y secuencias usualmente incoherentes el recinto mental mientras dormimos, éste no tenía un comienzo claro ni tuvo nada parecido a un desenlace. Sólo había fragmentos dispersos de recientes hechos reconocibles, retazos de viejos miedos de niñez escenificándose a destajo y dos o tres escenas futuristas sin pies ni cabeza. Sin embargo, si hubiera que hallarle un cordón umbilical -nunca mejor lograda una expresión- a semejante enredo en el que ella era al mismo tiempo una simple testigo y a la vez la actriz principal, podría decirse que ese sueño estaba recorrido todo –dominado– por la imagen de una pequeña tarántula que pasara lo que pasara en las secuencias de la historia, en la que por cierto sucedían otro tipo de cosas, más bien eróticas la mayoría, iba incansablemente de un lugar a otro de los diversos sitios -paredes, cielorrasos, pisos- en que siempre reaparecía. Una tarantulita que por su diminuto tamaño debió ser una recién nacida, y que el sentido común de aquella soñadora atenta dio por sentado que andaba en busca de su madre. Nunca la encontró, pero un cierto nivel de conciencia de la mujer se había ido solidarizando con el bichito aquel hasta llegar a sentir por él genuina compasión.

III

En algún momento desperté. Y de pronto sobre la almohada, a un lado de mi aterrado ojo izquierdo, casi tocándomelo, inquieta, estaba ella: la madre.

Pegué un mayúsculo brinco que en un instante me tuvo al otro extremo de la habitación. No recordé si estaba en mi casa o en uno de tantos hoteles. Deseé que la escena fuera sólo la continuación del sueño. Un sueño del que sin duda me era indispensable despertar de inmediato.

Pero yo no soñaba, ahí estaba el bicho horrendo, hinchándose, apoyándose en no sé cuántas de sus patas peludas delanteras para emprender un salto descomunal hasta mi cuello o buscando engullirme la pupila. Me culpaba por la pérdida de su pequeña, se quería vengar. Entonces sucedió lo más increíble del mundo. Pude mirarla de frente, en profundidad. Concentrarme en los viciosos ojos turbios de la tarántula inmensa, mirarla mirándome con su odio creciente, detener su impulso asesino la fracción de segundo necesaria para comunicarle con el pensamiento —aunque ahora creo que fue más bien con el alma— que su pequeña sólo estaba perdida en un sueño que tal vez podría todavía recuperar.

La vi cerrar los ojos por un segundo, yo hice lo mismo, y en seguida ambas vimos aparecer sobre la almohada en la que había estado mi cabeza, junto a su madre, a la extraviada criaturita. Vi cómo se frotaban entre sí las patas delanteras, después intuí una levísima inclinación de la gran cabeza oscura. En seguida, ya más tranquila, las vi partir alejándose sin prisa de mi vista, no sé si de vuelta al sueño de donde habían salido sin darse cuenta o buscando algún secreto agujero verdadero para volverlo a habitar. ༄

EL ALEPH DE LA MIRADA

¿Cómo decirle, señora, que con sólo mirarla quedo suspendido en un maravilloso éxtasis que se prolonga y se acrecienta en la medida en que sus divinos ojos no se evaden y continúan alimentando este arrobo al mantenerse fijos en los míos. Los míos, sí, que ya son casi suyos, porque no se sabe ya quién mira a quién ni si realmente importa el fenómeno?

Si esto se prolonga, señora, voy a perder por completo la identidad, la independencia de mi ser, todo rasgo personal, y tal vez a usted le pase lo mismo, porque uno no se puede estar así indefinidamente metido en el ser del otro como si no hubiera separación alguna, como si nuestras almas se hubieran fundido inadvertidamente en el aleph de la mirada, y ahora fuéramos un solo hálito en suspenso. ¿Se da cuenta de que ya no se sabe si usted y yo somos dos personas o la misma, una misma alucinación que no cesa? ¿Cuánto tiempo ha pasado desde que nos vimos, señora, desde que empezamos a ser esta fusión sin fin, desde que lo somos?

Y sin embargo, no somos estatuas de sal congeladas una eternidad en una misma alma, no. Algo comienza lentamente a cambiar, se transforma, difiere, se trastoca, otra vez termina individualizándose… Ocurre que me muevo, me alejo, pero, ¡qué raro!, a la vez sigo aquí de pié, mirándola alejarse. No, más bien es al revés… Siento que me alejo prendido a sus ojos, eso es, mirando por ellos, desde ellos. El cuerpo del hombre que fui se queda atrás mirándome alejarme con la antigua mirada transferida a sus ojos de mujer, porque resulta que ahora soy la mirada de ella y ella es la que antes tenía siendo él. Él mirándome irme y ser ella, ella mirándome quedarme y ser él, aunque nuestros cuerpos siguen siendo los mismos de siempre. ☙

CUESTIÓN DE PERSPECTIVA

Lo primero que uno hace al despertarse es abrir los ojos. Parece algo obvio pero no lo es tanto. Perfectamente podríamos quedarnos un rato con los ojos cerrados, de hecho a veces ocurre. Pero es más común darle a los ojos su lugar en el mundo, en el nuestro, al ver la claridad (o la oscuridad: uno también puede despertar cuando aún es de noche), el entorno que lo claro o lo oscuro delimita, las figuras que llenan el espacio, un atisbo de tiempo que se adivina, lo que en seguida habrá de entrar en relación con alguna decisión consciente o inconsciente de la voluntad. Después viene el movimiento, sutil o brusco, que trasciende los reflejos, los recuerdos, que acaba por imponerse a la voluntad haciendo largamente la suya. Y luego la vida empieza a percibirse en lo que sentimos cuando hacemos lo que hacemos. El sueño, en un segundo, queda siglos atrás al desplazarnos en un mundo que vamos fabricando en cada gesto. Acción y pensamiento y sensaciones intercambian identidades sin saberlo, o incluso llegan a fundirse en todo lo que de ahí en adelante hagamos o nos ocurra al margen de nosotros. Y sin embargo es la mirada, su ángulo de visión, el arco que delante de sí describe lo que ve, la que dicta la pauta; la que señala lo que del mundo inmediato habrá de captarse. Todo es cuestión de perspectiva cuando los ojos enfocan, perciben, graban la imagen que la mente descodifica de acuerdo a su experiencia y conocimiento para que surja una interpretación.

Todo esto lo pensé cuando quise escribir un cuento con cierto grado de densidad, no del todo explícito, que al avanzar desde la abstracción hacia lo concreto tuviera como marco de referencia el resguardo de una buena reflexión, una cierta atmósfera intelectual que no estuviera reñida con lo artístico. Porque ¿cómo situar la primera percepción de un hombre que todo lo analiza y lo medita inscribiendo cada idea, cada sensación, en ese primer momento en que despierta y queda atrapado entre la nebulosa y las cosas de su entorno, entre su mente que divaga y los exigentes sentidos que empiezan a captar lo que pertenece al reino del cuerpo?

Y empecé el cuento tratando de plasmar en palabras sugerentes precisamente ese ambiente oblicuo, sus aristas más esquivas. Hasta que en algún momento el hombre decide levantarse de la cama y vestirse rápidamente sin bañarse. Ha recordado la compañía de un sinuoso cuerpo que estuvo adherido al suyo la noche anterior pero sin poder ubicarle un rostro que lo identifique. Sabe de pronto dónde encontrar el olor que ahora retorna como si lo tuviera encima, la suavidad del tacto que también ha vuelto en un instante a su piel. En el baño orina largamente mientras se limpia los dientes, luego se enjuaga, a prisa se peina mirándose en el espejo del botiquín, se sorprende al notar ojeras y arrugas que no recordaba. Sin desayunar sale de la casa, detiene un taxi, da una dirección y se dirige a un sitio que no podría describir pero en donde sabe que estuvo y le urge recuperar.

El bar está cerrado, no hay nadie en esa cuadra, éstas no son horas de que él encuentre lo que busca. ¿Y qué es lo que busca?, se pregunta. Un ambiente, una situación, una persona, hasta ahí hay cierta claridad en su cerebro. Los detalles lo eluden, es como si se hubieran quedado en el sueño poco antes de que despertara. ¿Será que soñó aquel cuerpo, su olor, su contacto y ya no es posible recuperar el rostro? ¿Y si fue real el contacto en su cama, un levante, un ligue cualquiera destinado al olvido? Es lo más probable, lo que suele ocurrir, ¿por qué tanta angustia entonces por tan poca cosa? Ahí está como un idiota, recostado al poste de luz, mirando hacia el bar, forzando su mente, horadando en el recuerdo, lejanamente consciente de que una vez más falta a su trabajo, su jefe lo amonestará, le dirá que ya es demasiado. No ignora que su empleo peligra, que su razón peligra, que un hombre mentalmente sano no hace lo que él.

Tal vez no fue un coito cualquiera, nunca había tenido esta necesidad de saber con quién estuvo, cómo hicieron lo que hicieron, algo debe haber sido diferente, significativo. Porque no es normal que su cuerpo sienta aún el roce espeso de otro cuerpo, huela densamente a sexo, ansíe con unas ganas que crecen desmesuradamente desdoblarse en ese otro cuerpo desprovisto de identidad, apropiárselo. Está cansado, se sienta sobre la acera, cierra los ojos, se deja ir en una pastosa niebla en forma de cuerpo que se abre hasta terminar absorbiéndolo…

Y cuando el cuento llega a este punto viene el vacío, la conciencia del enigma sin resolver, la necesidad de una revelación, de un desenlace. Sólo entonces, cuando me esfuerzo por darle sentido a lo escrito, a todo lo que el personaje no entendía ni yo tampoco, una mujer imprevista despierta, reconoce el solitario bar en donde la han dejado pasar la noche, la dura mesa sobre la que ha estado recostada, no sabe si sentir vergüenza o reírse a carcajadas de su inusual torpeza, de su deficiente profesionalismo después de tanto tiempo en el oficio, del cansancio que por primera vez acabó rindiéndola tras lidiar con tantos efímeros cuerpos ansiosos y sin rostro, del sueño absurdo en el que ella era un hombre que soñaba una inútil añoranza que lo obliga a buscarla inútilmente. Entonces decide al menos sonreír, dar gracias por un día más de vida, por su cuerpo incitante aún que le permite defenderse todas las noches de la pobreza, la necia soledad y los años que se le vienen encima.

Lo que esta mujer no sabe, por supuesto, es que el mundo de la ficción, del que ahora forma parte, permite crear todo lo que en algún sitio ignoto pugna por existir. Así, al ella soñar ser un hombre que compulsivamente decide buscarla al despertar de su propio sueño, al dar gracias poco después por el don de la vida por ser ella quien en verdad despierta, es porque culminé con éxito esta tarea de darle cauce a su miseria, cansancio y rutina. Ella no puede menos que creerse un ser real, y eso es suficiente. Para mí, qué duda cabe, lo es tanto como yo mismo que la he inventado. ⋄

CUARTOS

A la memoria del poeta panameño Demetrio Herrera Sevillano, autor del célebre poema "Cuartos"

Hubo un tiempo, poco después de lo sucedido, en que nadie quería saber nada del asunto. Era como si todos hubieran entrado en shock y una especie de amnesia colectiva envolviera recuerdos y conciencias como una densa niebla que tardó mucho en disolverse. Yo era casi un niño, por lo que mis recuerdos ya son mínimos y poco confiables. Pero preguntaba a cuanta persona podía y todos fingían demencia. Sin embargo, pasando el tiempo he ido recopilando datos aquí y allá con gente de aquella época que después sí habló un poco, así como en viejos periódicos que sobrevivieron al incendio pese a la indiferencia posterior de los mismísimos reporteros que al momento redactaron las noticias, y a la manifiesta desidia de las autoridades locales.

Si bien no es fácil armar un rompecabezas que nadie pareciera querer que sea armado, he sido particularmente tenaz en esta búsqueda de información porque quizá más que nadie tengo mis razones.

Aunque no lo presencié, he tenido que aceptar que mis padres murieron en aquel siniestro. Ellos estaban separados, pero esa tarde se habían reunido en el modesto apartamento en el que mi madre y yo continuamos viviendo después del divorcio. Y la única explicación razonable es que el incendio se inició precisamente ahí, en nuestro hogar, y luego se expandió vorazmente por la cuadra hasta devorar horas más tarde, incontenible, una parte considerable de ese sector de la ciudad.

Parece ser que se había ido la luz, como era frecuente que ocurriera en esos días en Colón, y mi madre prendió la vela que los alumbraba. Yo dormía tranquilo, ajeno al peligro, en el pequeño cuarto contiguo a la sala en donde discutían. Digo que discutían, y no que hablaban, porque todavía recuerdo los mutuos gritos y palabrotas que súbitamente me despertaron. Y poco después sentí un calor abrasador, como si el aire mismo ardiera. Lo cual no estaba lejos de la verdad. Era como si el infierno se hubiera desatado y fuera a tragarme. Había llamas por todas partes, pero lo peor era el calor que ya empezaba a asfixiarme.

He llegado a la conclusión de que mi padre pudo haber derribado la vela de un manotazo (aunque también pudo ser mi madre, claro), y que enseguida cayó sobre una cortina cercana, o sobre el piso de madera. No encuentro otra explicación. Tal vez ellos, que sin duda se odiaban lo suficiente como para perder totalmente el control, peleaban aún mientras la casa empezaba a arder, olvidados de todo. Hasta de mí. Porque lo que sí recuerdo es que algo ajeno a mi voluntad, no sé bien si el instinto de conservación o un ángel guardián, me indujo a saltar por la ventana, que por suerte estaba abierta y no tenía barrotes ni tela metálica a pesar del constante acecho de ladrones y la inclemencia de los mosquitos. También fue afortunado que viviéramos en planta baja, o probablemente no estaría contando el cuento. Por supuesto, estos recuerdos y mis reflexiones sobre lo ocurrido, no se los he contado a nadie. ¿Ya para qué? A mi edad, deben ser poquísimos los sobrevivientes de aquella época, y no conozco a ningún historiador que pudiera interesarse. En cuanto a los periodistas, quienes sin duda podrían divulgar estas cosas, dudo mucho que les atraiga un fragmento de historia carente de actualidad.

El asunto es que ese incendio terminó en pocas horas con medio Colón, sin que los bomberos fueran capaces de detenerlo. Eran otros tiempos, claro, y los camisas rojas eran pocos y no tenían el equipo moderno de ahora. Todo parece indicar que sólo hubo como quince muertos y varias docenas de heridos, una cantidad mínima si se toma en cuenta las dimensiones del fuego. Pero lógicamente el desastre fue más bien habitacional: Cientos de personas quedaron sin hogar. Lo extraño, como dije al principio, es que nadie quiso hablar del asunto una vez apareció la noticia en los periódicos.

A mí me recogió una tía, hermana de mi padre. La verdad es que esa mujer me trataba muy mal. Casi no me daba de comer y se la pasaba insultándome. Me tenía una gran rabia. Decía siempre que mi madre había tenido la culpa de todo. Sin embargo, por alguna razón, que todavía no logro entender, esa tía sostuvo durante años que mis padres no murieron en el incendio, sino que habían huido avergonzados de haberlo iniciado. Según ella, meses antes del incendio mi padre dejó a mamá por ser una cualquiera. También me dijo que fue a la casa esa noche porque mamá le mandó una carta en la que por primera vez declaraba, altanera y boquisucia, que yo no era hijo de él. Por supuesto que eso explicaría la pelea de esa noche, aunque la verdad es que de todos modos ellos vivían discutiendo. Día y noche se gritaban y él la golpeaba. Alguna vez lo oí exclamar airado, antes de marcharse por varios días: "Eres una puta, una maldita puta de mierda".

Durante mucho tiempo he tratado de comprender por qué al principio la gente se rehusaba a hablar sobre el siniestro. Era casi como si se sintieran culpables, o avergonzados. Es extraño, pero he llegado a pensar que tal vez en todos los hogares se dieron peleas similares esa noche de oscuridad, a la misma hora, a la luz de las velas. Y que simultáneamente sucedieron escenas parecidas en las que viejas habitaciones de madera se incendiaban a causa de una vela tirada al piso o sobre una cortina, de un manotazo, en medio de la discusión. Pero ya después, cuando algunas personas empezaron a hablar, surgieron versiones contradictorias de los hechos. La verdad es que nadie parecía saber cómo se inició el famoso fuego ni cómo se le controló finalmente. Simplemente no les importaba. Más bien contaban lo que siguió: sus desdichas personales, las frustraciones de familia, los largos meses en que la mayoría vivió al aire libre en enormes tiendas de campaña prestadas por los soldados gringos, pendientes de la caridad pública casi todos. Negros pobres como yo, sólo que más pobres, porque ellos residían en maltrechos cuartos de inquilinato. Cuartos, como dice el poeta, en los que no entraba el sol, que el sol es aristocrático. ⚜

EL ESCÁNDALO DE LOS PERICOS

A veces las cosas pasan sin que uno se dé cuenta cabal de su significado, de sus consecuencias. Ya sea porque la mente anda por otros rumbos o debido a simple distracción o indiferencia. Y no pocas veces por simple ignorancia. Así, puede ocurrir, y de hecho a menudo sucede, que en el momento de los hechos no seamos capaces de comprender a fondo lo que realmente ocurre o puede llegar a pasar más adelante como resultado de lo anterior. Lo digo, ahora que puedo hacer esta reflexión con toda la calma del mundo, ya que fui víctima, hace mucho tiempo, de un acontecimiento que habría de alterar radicalmente mi vida de feliz jubilado, y del que ni siquiera tuve conciencia en su momento.

Una tarde, como a las cinco, paseaba muy quitado de la pena por el parque Andrés Bello. Como sucede siempre a esa hora, en sus árboles, y en todos los que se alinean en esa área de la Vía Argentina, una multitud impresionante de pericos emitían un concertado escándalo de los mil demonios. A la mayoría no podía vérsele siquiera, camufladas como estaban por cientos de aquellas inquietas aves entre el apabullante verdor de las hojas que duplicaban su idéntico color. Pero era como si entre ellas hubiera un interminable acuerdo sancionado por ese chillido trepidante, una abierta intención de prolongar sin tregua su indescifrable algarabía.

Decidí permanecer ahí, hasta que anocheciera si fuese necesario, a fin de saber en qué momento se extinguía ese peculiarísimo parloteo, múltiple y uno a la vez, que sería imposible describir. Y, sobre todo, para tratar de captar la forma, paulatina o súbita, en que dejaba de oírse. De pronto supe que era algo concreto, tajante, que debía saber, sin que me quedara duda alguna. Supongo que era una obsesión absurda, como suelen serlo todas las obsesiones y manías, mucho menos lógicas por cierto que las fobias, ninguna de las cuales uno sabe bien a bien cómo surgen ni por qué. Pero el hecho es que permanecí como un idiota varias horas sentado en una banca, muy concentrado, mirando hacia los árboles y escuchando el sostenido escándalo de los pericos.

Poco a poco, casi sin darme cuenta, me fue gustando aquel interminable ruido hasta que en algún momento se me convirtió en un sonido dulcemente sincopado, terriblemente grato. Lo increíble fue que empecé a preocuparme entonces por el instante en que desapareciera de golpe o llegara a extinguirse lentamente en mis narices (o más bien, en mis oídos) ¿Cómo iba yo a estar ahí sin él? Y es que quería permanecer por tiempo indefinido en ese parque al que me unen tantos recuerdos, sitio acogedor que ha sido mi confidente y aliado innumerables veces. En sus bancas he fraguado estupendos proyectos exitosamente realizados y sufrido el fracaso de no pocos errores; recordado infinidad de momentos gratos y otros terribles de los que se han nutrido mis mejores poemas, no pocos meticulosamente escritos ahí mismo en una libreta.

Lo malo es que no pude ya determinar cómo fue ese momento. La noche, haciéndose invisible pese a su negror (tal vez haya sido precisamente por esa oscuridad subrepticia y sin embargo avasallante), avanzó sin que la sintiera colarse en el ambiente; lo cubrió, me cubrió sin piedad, entró en mi piel, en mis huesos, en mi alma; y sólo me di cuenta de su presencia ingrata cuando ya estuvo instalada por completo. En algún momento me había dormido unos segundos, y cuando de un brinco abrí los ojos todo era rotunda noche y silencio. Absoluto silencio. Silencio de muerte. Éste, interminable, que ahora me permite mirar hacia atrás y, todavía incrédulo y maldiciente, lamentar tan absurdo, traicionero final.

Lo peor es nunca saber ya cuándo me pasó (no cómo, eso para nada interesa), si antes o después que se marcharon los pericos; si antes o después que cesó el hermoso escándalo de su parloteo. No saber tampoco el momento ni la manera en que desapareció finalmente aquella música divina de las invisibles aves. Doble fracaso. Porque créanme, hay cosas que uno quisiera saber antes de pasar al otro lado (a éste). Cosas que parecen nimiedades; acaso obsesiones, manías, ya lo he dicho antes (tal vez lo son), pero que uno debe resolver a tiempo. A riesgo, si no lo logra, de quedar varado para siempre en el limbo infinito de la frustración, que es el peor infierno. El peor. Créanme. ෨

SEGUNDA OPORTUNIDAD

A las diez de la noche, procurando sentirme sobria y parecerlo, me tragué la poca dignidad que me quedaba. Me fui a verlo y le dije que había recapacitado y que deseaba una segunda oportunidad. En realidad yo no era culpable de nada, por lo que no tenía por qué pedir perdón. Julián era siempre el ofensivo, el espejo vivo de la agresión. Pero el amor, que a menudo se nos manifiesta como un oportuno bálsamo, también es a veces una equívoca espina interminable con la que gozamos y sufrimos, y que nos incita sin remedio a la humillación.

Después de una larga plática sentados en el comedor de su casa, él envuelto en una fina bata de estilo oriental y yo como siempre en jeans y suéter, se me quedó mirando prepotente y compasivo, y volvió a aceptarme como pareja. Me puso ciertas condiciones, claro, pero yo lo quería demasiado y nada era mucho si podía estar nuevamente con él.

Por mucho tiempo no volvimos a discutir. Ejercimos la difícil tolerancia; procuramos ser complacientes, particularmente amables en el trato diario. Pero al poco tiempo se nos hizo claro que la relación estaba resultando muy forzada. Era evidente que antes de separarnos nos habíamos hecho ya demasiado daño y que aunque fingiéramos que no, las heridas seguían abiertas y dolían. Habíamos cambiado, éramos otros. Él mucho más que yo.

A duras penas logramos convivir durante un mes. Todo el tiempo había mucha tensión en la casa. Un día, porque no le serví el desayuno a la hora usual, me tiró al suelo. Fue más que suficiente para entender que el final vendría pronto, y que esta vez sería definitivo. Y lo fue. Fui yo quien decidió marcharse una mañana, sin hacer ruido, sin mirar atrás, mientras él dormía. Iba a dejarle una nota, pero finalmente no lo hice. Me pareció un gesto melodramático, innecesario. No saber si se reiría de mis sentimientos me resultaba tan terrible como tener la certeza de que ya nunca sabría en realidad su reacción a mis vanas explicaciones. Así es que simplemente me fui.

No me arrepiento. Pero poco después, incrédula, más dolida que la vez en que, durante la primera convivencia, por una tontería me había estrellado contra la pared, supe que mi lugar había sido ocupado, no por otra mujer, más bonita o más fea que yo, sino por un maldito adolescente, casi un niño. Era demasiada indignidad.

Por eso volví hace un rato a esa casa que creí no volver a pisar, toqué el timbre a la hora más indiscreta posible, y seguí tocando hasta que de pronto se abrió de par en par la puerta. Julián apareció bañado en sudor, cubierta la cintura por una toalla. Más atrás alcancé a ver al chico, desnudo, mirándome. Ambos se sorprendieron, pero Julián se puso pálido. Sin duda yo era la última persona en el mundo que esperaba ver a esa hora de la madrugada. De hecho fui la última persona que vio en su vida.

Dos o tres balazos sin duda hubieran bastado. Pero la adrenalina se desbordó en mi ser haciéndome vaciarle íntegro el cargador. No me arrepiento. Hay cosas que se acumulan, y otras nuevas que no se perdonan. ⍪

¿DIGRESIONES?

Hoy la vi nuevamente. Era Sandra, esbelta, hermosísima, aunque algo me decía que a lo mejor no era ella del todo. Sin embargo, convenciéndome de lo contrario la seguí durante media hora. En algún momento la intercepté, me atreví a confrontarla, a decirle cuánto la extrañaba.

—¿Lo conozco? —exclamó perpleja.

Le respondí con una absurda carcajada que en seguida me avergonzó, pero que no había sido posible reprimir. Entonces balbuceé:

—¿Por qué finges, Sandra?

Me abofeteó, como en las películas, y como en las películas resistí airoso.

—Llevo años buscándote, ¿dónde te habías metido?

—Usted me confunde con otra persona. ¡Déjeme en paz!

Y se marchó aprisa.

No quise ir tras ella, forzarla a escucharme como me lo exigían el instinto y una súbita avalancha de recuerdos. Me quedé ahí parado en medio de la acera. Acaso el que fingía era yo, y el que finge inventa. Tal vez la escena había sido sólo un artificio creado por mi soledad, una más de tantas digresiones. ¿Pero cómo se explica tan increíble similitud entre dos mujeres? ¿Únicamente las duplica ante mis ojos el tener en común tanta belleza? ¿Y este intenso perfume suyo que ha quedado en el ambiente, en mi cuerpo aunque no la haya tocado, como cuando Sandra era mía y sólo existía para nosotros una vibrante piel única? Todo es posible, pensé, pero no tanto. Jamás podría olvidar a esa mujer, confundirla, y sin embargo… ⌀

¿NO ME CREES?

—**S**i no hubiera sido por ella yo no estaría aquí contándote esta historia, que además es verídica, créeme. Justo cuando estaba por caer al abismo, Ángela me tendió la mano y me rescató. Nunca he visto un nombre mejor puesto, era como un ángel protector, como un talismán bendito. Me sentía seguro en su presencia, lleno de una gran paz interior. A veces me ayudaba a dominar las emociones negativas; en otras ocasiones su apoyo se manifestaba en forma material, como en el caso que te cuento. Sí, literalmente me tendió la mano, me agarró por la camisa y me sostuvo. Evitó así que fuera a dar al precipicio, a un lado del puente de madera que se desgajó en un tramo por el peso del tractor que se desplazaba lentamente delante de nosotros, que íbamos trotando detrás muy quitados de la pena. Fue una escena de película, algo difícil de creer, incluso para mí. Porque además todo pasó en un instante. Y, como te digo, no era la primera vez que me protegía del peligro, aunque sí la más espectacular, sin duda.

—Tienes una gran imaginación, deberías escribir cuentos. Por supuesto, no te creo la mitad de las cosas que dices, y tú lo sabes. Te lo he dicho siempre. Pero de todos modos me encanta escucharte narrar tus historias, sólo que suelen ser tan inverosímiles que simplemente no puedo creerte la mayor parte del tiempo. Tal vez no las escribes porque como siempre te digo que no te creo piensas que tampoco lo hará el lector, lo cual sería fatal. Sobre todo porque hoy en día se considera que para que una obra sea buena debe ser verosímil, independientemente de si tiene o no un asidero en la realidad. En fin, no me hagas caso, a lo mejor algún día llegas a ser en verdad un gran narrador, y publicas novelas y cuentos que todo el mundo admira precisamente por su singular fantasía y oficio. Porque sin duda tú tienes el don de la palabra.

—No has dejado que te acabe de contar la historia. Resulta que esta mujer, de la que llegué a hacerme muy amigo, se fue enamorando de mí. Lo sé porque cuando a uno se le quedan viendo largo rato, con cara de embeleso, y además le hablan siempre quedito y con una voz tan dulce que pareciera salir realmente de un ángel, y para colmo se siente uno como en presencia de un fuego dulce que avanza cada vez que se le arrima esa piel tan tersa y encendida, no hay más remedio que darse cuenta de que la situación ha rebasado la simple amistad y se ha convertido en otra cosa. El asunto es que Ángela llegó al extremo de intentar seducirme, y yo creo que el mismísimo Dios la castigó por ello. ¡Pobrecita! Lo que ocurrió después es otra escena que ahora veo en cámara lenta, y que jamás olvidaré.

—En verdad que resulta fascinante oírte contar tus historias. Sin duda quedaré impresionado por lo que me vas a relatar. Es obvio que se acerca el clímax y en seguida un increíble desenlace. Y por el fervor conque te expresas es evidente que te crees al pie de la letra lo que cuentas… Adelante, pues. ¡Soy todo oídos!

—Una noche fuimos al cine. Había muy poca gente y nos sentamos atrás, bastante aislados. Fue ella quien escogió aquel sitio. En la oscuridad tuve el presentimiento, por primera vez, de que se desplegaban las ocultas alas que nunca antes había visto, y de pronto empecé a sentirlas mientras me envolvían con su cálida tersura. Sus labios estaban sobre los míos y en seguida fue su lengua la que penetraba en mi boca como una inquieta viborita. Me supe poseído, transportado fuera de mí. Perdí toda noción de tiempo y de lugar. Te juro que cuando volví a tener conciencia de mis actos estaba solo en la butaca y con el corazón tratando de apaciguar el descontrol de su ritmo. Encontraron a Ángela en un zaguán cercano al cine, a la mañana siguiente. Lo leí en un periódico un día después. Supuse que la policía me buscaría, que me iban a interrogar. Cuando pasó el tiempo y no lo hicieron caí en la cuenta, por primera vez, de que probablemente nadie jamás nos había visto juntos. Tal vez porque nadie más la había visto. Nada más yo la podía ver, sólo conmigo se manifestaba su presencia física, sólo me hablaba a mí. Y sin embargo encontraron su cuerpo, y todo parece indicar que no había en su ser rastro alguno de alas, o quienes la encontraron sin duda lo hubieran divulgado como un descomunal fenómeno. Se dijo que la autopsia reveló que esa desconocida mujer había sufrido un infarto masivo, y después supe que nadie había reclamado su cadáver. Te confieso que pensé hacerlo yo, pero tuve miedo. Temí que precisamente en esa única ocasión alguien del cine, tal vez el de la taquilla o algún oculto espectador, nos hubiera visto juntos y que terminaran por achacarme su muerte. Fui un cobarde, claro. Lo sé. Sobre todo ahora que comprendo que ese ángel -ángela- fue capaz de encarnar por amor, lo hizo para estar conmigo, para amarme… ¡Y al final realmente fue tan fuerte su emoción que al morir se materializó! ¿Comprendes? Eso fue lo que ocurrió… No me mires así. Te juro que es verdad. ¿No me crees? ೞ

¡SORPRESA!

Hasta donde sé –fuimos muy amigos–, Julio no tenía nada en contra de que las mujeres tuvieran senos grandes, turgentes, siempre y cuando éstos no fueran un grosero despliegue de gordura y mientras el resto de la figura conservara la debida proporción. Pero más bien había preferido siempre los pechos pequeños, duros, que le cupieran por turnos en la boca, decía, como limones.

Le encantaba contrastar cosas, enfrentar opuestos: grande/pequeño; frío/caliente; grueso/delgado; macho/hembra; vigilia/sueño; vida/muerte… Por eso no fue de extrañar que, tras innumerables aventuras –te juro que nunca conocí a un hombre tan mujeriego–, cuando finalmente decidió sentar cabeza eligiera a Marla. La verdad es que menudita y pequeña como era, su figura estilizada, la boquita traviesa, la naricita respingada, el largo cabello azabache y esos gatunos ojos verdes de la chica fueron una combinación irresistible para Julio quien, como recordarás, era un hombrón de más de seis pies, que en aquel tiempo debía pesar por lo menos unas 250 libras sólidas de tanto ejercicio con pesas que hacía a diario. Todavía hoy, casi cuarenta años después de la boda, a la que asistimos sus mejores amigos, el contraste físico entre ellos sigue siendo muy singular. Más singular que nunca, al menos para los pocos que hemos tenido acceso reciente a su intimidad.

Bueno, pues te hago esta introducción porque lo que te voy a revelar es mucho más sorprendente aún que lo que sabíamos, o creíamos saber, de ellos. No sé si alguien más en Panamá lo sabe, pero yo acabo de descubrirlo hace unos días cuando los fui a visitar a Canadá, donde viven desde hace mucho y, la verdad, estoy anonadado. Cualquiera lo estaría.

Todos estos años los había perdido de vista. Ni siquiera supe que se habían ido del país a finales de los ochentas cuando la crisis de Noriega. Tuve que ir a cerrar un negocio a Toronto y alguien me dijo que Julio vivía en esa ciudad, así es que averigüé bien la dirección y decidí caerles de sorpresa. ¡Y qué sorpresa, cielo santo!

No me llamó la atención que su hermosa casa de dos pisos estuviera completamente en las afueras, tan apartada de todo; que no tuvieran vecinos. Pensé que en el fondo era la situación ideal, ¡a quién no le gustaría tener cierto grado de privacidad en este mundo tan congestionado. En realidad no fui muy oportuno, pues llegué a las nueve de la mañana de un domingo cualquiera, hora y día sin duda en que la gente de cierta edad duerme tarde y luego se queda en casa holgazaneando. No quise contar entonces los años que Julio y yo teníamos de no vernos, pero eran como quince porque yo no estaba en Panamá en esa época. Por supuesto, no me esperaban. Ni remotamente…

Con mi mejor sonrisa toqué el timbre. Tardaron en abrir. Pero cuando al fin ocurrió, casi me desmayo. Ahí estaban frente a mí, casi intactos, los pícaros ojitos verdes de Marla, su naricita respingada y la boquita de muñeca traviesa, aunque rodeados de estrías. Porque, claro, el tiempo no pasa en balde, y a veces como que se acelera y no perdona. Su piel, antes tersa como el de una niña, era ahora, sobre todo en la frente y las mejillas, un curtido pergamino cruzado de arrugas. Y su larga cabellera negra de nuestra juventud había cedido su hermosura a una inesperada cabeza pecosa ofensivamente invadida por la calvicie. Parada ahí junto a la puerta, desnuda de la cintura para arriba, el marchito pecho del todo plano, era una sórdida realidad insoslayable.

Sólo que no era Marla quien me miraba sorprendida, sin duda tratando de recordar de dónde diablos me conocía, sino Marlon –después supe su verdadero nombre–, un hombrecito paliducho y envejecido que seguía siendo mujer de Julio, lo cual éste mismo habría de confirmar un instante después al asomar su enorme cuerpo grasiento detrás del otro, abrazándolo, reconociéndome en seguida, invitándome amablemente a entrar. ∽

LA MISMA CANTALETA

Si el movimiento es señal de vida y lo que se mantiene estático tiende a la parálisis, y ésta suele desembocar en la muerte, entonces no hay historia posible, nada que contar. No puede haber reglas fijas para relatar esto que ha pasado, y las viejas normas son incapaces de dar fe de nada. Así es que al buscarle a los hechos una mínima congruencia para que tengan cierto sentido, no hay más remedio que intentar el invento de la rueda y, en el proceso, salirme por la tangente, ya que he llegado a la conclusión de que siempre habrá cosas absurdas que sucedan sin que podamos evitar ser parte de ellas. En realidad esta historia es bastante corta y sencilla. El que estoy enredado soy yo, que no le encuentro pies ni cabeza, pero te la voy a contar. A lo mejor oyéndome hablar entiendo algo. Así es que aquí te va…

Un sábado en la mañana voy caminando de lo más tranquilo por la Avenida Central y un tipo de aspecto desagradable –alto y flaco, desarrapado y mal oliente, todo despeinado y descalzo– que viene en dirección contraria se detiene bruscamente frente a mí, estira el brazo, me da la mano y dice "Chócala, pelao". Me le quedo viendo un instante, no lo reconozco, no le doy la mano, y pregunto "¿Y tú quién eres?" "No nos conocemos", me dice, y añade "Por eso te saludo, brother". "No entiendo", exclamo, y él explica "Te vi en el periódico y en la tele, no lo puedo creer, eres un personaje del mundo real" "Espero que sí, le digo, porque si lo fuera del mundo irreal estaría en problemas". "Estaríamos, señala, porque somos dos, sabes. No estás solo en el mundo, ni en la fama, yo comparto tu alegría y éxito" "¿Qué quieres decir?", me intereso. "Eso mismo, man. Eso mismo". Y el tipo me deja sorprendido y con la palabra en la boca y se va corriendo rumbo a Calidonia. Corriendo entre la gente como un loco, y manteniendo el brazo derecho arriba como saludando a distancia, sin cambiar de posición, hasta que se me pierde de vista.

Si bien varios medios me habían entrevistado días atrás por lo de la beca internacional, jamás hubiera imaginado que un total desconocido se alegrara por ello y se detuviera en la calle a felicitarme, y además de forma tan extraña. Pero eso no es lo más curioso. Resulta que el lunes siguiente el tipo sale en primera plana de la *Crítica* porque se colgó de un árbol de mango en La Chorrera. Ya lo habían bajado al pobre hombre y la foto se la tomaron horas después, en el piso. Se veía hinchado, grotesco, pero te juro que era él, su aspecto idéntico a cuando me paró en la Central, mismo pantalón y camisa sucios y arrugados, misma piel culisa, idénticos pelos parados, el rostro igualito, hasta me pareció percibir su desagradable olor punzante, ¿puedes creerlo? Bueno, pues desde entonces no he dormido. Todas las noches me quedo por horas sin que me llegue el sueño, y cuando al fin me tumba en la madrugada, se me aparece el tipo y otra vez me pide darle la mano para que me felicite, lo cual me rehúso a hacer. Sólo que lo que me dice en sueños es "Gracias, friend, por darme una buena razón para matarme al fin. De verdad, te quedo eternamente agradecido". ¿Te imaginas? Ahora resulta que yo soy culpable de que el tipo se matara.

Me voy donde un amigo psiquiatra, uno del que te he hablado y que le dicen "Sueñito parlante" porque suele dar sus clases en la Universidad con los ojos cerrados, y le cuento con lujo de detalles lo sucedido, y ¿qué crees? El muy cabrón, en vez de tranquilizarme, de darme un remedio efectivo para el insomnio, de aminorar mi angustia, lo que me dice es que probablemente el muerto tenga razón y yo sea en realidad el culpable del suicidio. Le pido una explicación y en vez de dármela o decir que sólo era una broma, añade sonreído que sin darme cuenta he cometido un "homicidio culposo". No me pude contener y le di un puñete que lo mandó al piso. Y entonces, más emputado que nunca salgo de su consultorio tirando puertas, hablando solo, hecho un verdadero energúmeno, yo que soy una persona tan calmada, siempre en control. Pero es que me cabrea pensar que alguien pueda considerarme responsable, ni con el pensamiento, de algo así…

En fin, han pasado cinco meses y la situación es terrible. Imagínate que he perdido por completo la capacidad de dormir más de hora y media o dos por las noches, y que empiezo a roncar irremediablemente en el trabajo. Primero se me vuelve necesidad apremiante, luego costumbre, y el asunto ocurre una y otra vez, mañana y tarde, a diario. Hasta que hoy me encuentran sobre el escritorio y me botan sin decir agua va. ¿Qué te parece? Pero eso no es lo peor. Lo peor es que estoy citado a declarar ante un juez en unos días acerca del suicidio del tipo, quien además se me sigue apareciendo una noche sí y otra no, con la misma cantaleta de darme las gracias por la barbaridad que hizo. Por supuesto, no me da ninguna explicación, sólo se ve feliz. Y claro, a estas alturas los de la agencia internacional ya me quitaron la beca. Dicen que no me baño, que huelo mal y que parezco un pordiosero andando siempre de aquí para allá como un loco, hablando solo y sin zapatos… No sé, tal vez tengan razón, no me ha dado por mirarme en un espejo desde no sé cuándo. La verdad es que no puedo ya seguir así, tengo que recobrar mi equilibrio. Así es que estoy pensando seriamente declararme culpable, a ver si me encierran y al fin puedo dormir en paz. ¿Tú qué opinas? ♋

EL MUNDO AL REVÉS

La verdad es que cuando uno está de malas, está de malas. Hay cosas que simplemente no se pueden controlar. Cuando suceden, ya quedas atrapado en sus contingencias y te vuelves parte del asunto sin que puedas hacer nada al respecto. Pero dicen que no hay mal que por bien no venga, y está por verse si en mi caso tienen razón.

Yo he sido siempre un tipo tímido, poco sociable. Tengo pocos amigos. Evito en lo posible los sitios concurridos, las reuniones, las fiestas. Porque si voy me quedo mudo mientras todos hablan y al final termino sintiéndome incómodo y fuera de lugar. Siempre ha sido así, desde mi adolescencia. Aunque me encantan las mujeres, jamás he tenido realmente una, ignoro lo que es un verdadero beso, de esos hondos y sensuales que se dice alborotan cuerpo y alma y dan ganas de terminar el asunto en la cama. Nunca, lo confieso, le he hecho el amor a nadie. No sé lo que es tentar un cuerpo femenino, sentir su piel, o que palpen la mía.

No he tenido el valor de acercarme a una mujer con tales intenciones, ni con ninguna otra. Ni siquiera a una prostituta. Porque tendría que dejarla hacer todo a ella y me da terror admitir mi falta de experiencia. Además, le tengo pánico a las enfermedades venéreas, sobre todo al sida ese que en los últimos tiempos se anda regando por todas partes como una maldición o un castigo, pues desconfío de la eficacia de los famosos condones.

En mi trabajo -soy contador de día y manejo un taxi en las noches- trato de ser eficiente, lo más cumplido posible. Llevo treinta y dos años en el mundo y muchos en ambos oficios y creo que nunca ha habido quejas ni reparos. Me cuido mucho de hacer las cosas bien, de no hacerle a otros lo que no quiero para mí. Además, soy buen católico: no hay un solo domingo o día de guardar que falte a misa, me confieso cada tanto tiempo antes de comulgar, no robo a nadie, soy amable y servicial cuando me veo obligado a lidiar con la gente; sobre todo con las personas que suben a mi taxi, adquirido con mucho esfuerzo y sacrificios.

Como es natural, un taxista conoce a mucha gente, pero no muy a fondo. En realidad muy superficialmente, pues si bien unos cuantos hablan hasta por los codos de cuanta vaina Dios creó sin que uno les pregunte nada, otros, la mayoría, parecen mudos después que indican la dirección a la que se dirigen, y al bajarse ni las gracias dan. Pero bueno, uno no deja de oír ciertos comentarios, ciertas historias, sobre todo cuando se suben juntos varios pasajeros y se les olvida que un extraño los oye hablar.

Hace una semana, no bien había empezado mi carrera de la noche por los lados de Tocumen, dos mujeres me piden llevarlas a una cierta discoteca, conocida por su mala reputación –una vez mataron ahí a un tipo a cuchilladas–, sin preguntar antes cuánto les va a costar. Lógicamente supuse que tenían plata y que el precio era lo de menos. Morenas, de pelo oscuro y lacio una y ensortijado la otra, iban supermaquilladas, con minifalditas pegadas, usaban tacones altísimos y puntiagudos –¡no sé como pueden caminar en esas cosas!–, y hacían gala de una coquetería exagerada en sus gestos y tono de voz. Pese a mi ingenuidad asumí lo que creo hubiera pensado cualquiera. Hablaban procazmente de hombres que conocían, con los que habían estado hacía poco, de sus tremendos atributos viriles y de lo que a cada una le gustaba hacer con ellos y que les hicieran. La verdad es que me sentí ofuscado, muy incómodo, no podía creer lo que escuchaba con lujo de detalles, literalmente con pelos y señales -nunca mejor usada la expresión-, descrito todo en un lenguaje extremadamente vulgar y ofensivo, olvidadas por completo de mí, como si hablaran en la intimidad.

Cuando llegamos les dije el precio de la carrera y las muy atrevidas me contestaron que era muy caro y que sólo pensaban pagarme la mitad. Indignado, les repetí el precio y añadí que incluso debía cobrarles más porque había sido un largo castigo el tener que oír por tanto tiempo una conversación tan grosera. Se echaron a reír, me llamaron cursi, se bajaron meneando las nalgas y se me fueron sin pagar. Iba a ir tras ellas pero en seguida se metieron al antro aquel, donde parecían ser conocidas porque en seguida las dejaron pasar. Preferí aguantarme el clavo y retirarme sin reclamarles porque noté los músculos de los tipos grandotes que cuidaban la entrada.

Anoche, por el mismo rumbo, se suben al taxi nuevamente las mismas mujeres –cómo no reconocerlas–, dan la misma dirección sin preguntar precio y evidentemente no se dan cuenta de quién es el chofer, o bien fingen no saberlo, o les importa un bledo. Yo les digo que se bajen de inmediato. Me contestan que si estoy loco, que qué me pasa. "No las llevo. Ustedes son las porquerías que hace una semana al llegar a la discoteca se fueron sin pagarme. Bájense", les grito. No había terminado de hablar cuando una de ellas abre de pronto la puerta de mi lado –estaba sin el botón de seguridad– y me hala bruscamente hacia afuera haciéndome caer a la acera. En seguida la otra empieza a patearme en las costillas, en la cara, y casi me saca un ojo con los malditos taconsotes esos. Me dejan ahí tirado sangrando, cogen el taxi y se van como alma que lleva el diablo.

Por suerte –o por mala suerte, tal vez sea más exacto decir– en ese momento pasa un colega en su taxi, le explico lo ocurrido y le pido seguir a las mujeres. El chofer se solidariza conmigo y accede a ir tras ellas.

Las seguimos un rato y creo que no se dan cuenta. Cuando pasa un tiempo sospecho que lo más seguro es que otra vez se dirijan a la discoteca, por lo que le pido al colega tratar de cortar camino por otra ruta y llegar antes que ellas. Así lo hacemos, y en efecto llegamos antes. El taxista, a quien resultó que conocía, amablemente se ofrece a bajarse conmigo para esperarlas ocultos cerca del estacionamiento del amplio local prendido ya a esa hora con música estridente.

En eso pasa una patrulla, pero pensamos que no debía ser muy difícil dominarlas por nuestra cuenta, sin necesidad de acudir de antemano a la policía. Aunque nunca lo dijimos expresamente, creo que la idea era llevarlas amarradas a una estación de policía cercana -el colega había sacado de la guantera de su taxi un rollo de soga- y acusarlas de agresión y robo. Recordé en ese momento la fuerza y saña con la que me habían bajado del carro y pateado en el piso hasta hacerme sangrar. Pero lo único que yo quería era justicia -no venganza, pues soy una persona religiosa-, no era correcto dejar las cosas en la impunidad.

A los diez minutos vemos acercarse mi taxi. Con toda la calma del mundo entran al amplio estacionamiento, y antes de bajar se acicalan ante sendos espejitos de mano: una y otra vez se cepillan las frondosas cabelleras ahora rubias, y con paciencia extrema retocan su maquillaje. Apenas salen, mi colega y yo las atajamos frente a ambas puertas. Se quedan lívidas. Pero de inmediato, y para nuestra total sorpresa, deciden dar la pelea. Son casi tan fuertes y rápidas como nosotros. Pero entre el exceso de jalones, golpes y zarandeos de parte y parte, en algún momento cae al piso una peluca, otra queda ladeada sobre un rostro amoratado, mientras a esta misma se le desprende un seno postizo, que ridículamente va a incrustarse en el guardafango de mi taxi. Sólo entonces, jadeantes todos, boquiabiertos nosotros, entendemos.

Entonces, paralizados los cuatro, vemos salir de la discoteca a un gran número de tipos, afeminados unos, con apariencia fornidada otros, seguidos de mujeres que difícilmente hubiéramos reconocido en otras circunstancias como hombres. Sin duda vienen al rescate de los travestis –¿o debo seguir aludiendo a ellos en femenino?,–ahora maltrechos, quienes procuran adecentar lo que queda de sus ropas. Se nos acercan desde un costado del estacionamiento. Sin mediar palabra, yo me meto a mi taxi –por suerte tengo siempre otra llave a mano– y arranco el motor, y mi amigo hace lo mismo con el suyo. Salimos a toda velocidad de ese maldito lugar.

Hoy me han citado a la corregiduría para responder ante una acusación de asalto y agresión ante testigos... Si no encuentro pronto a mi colega (parece que a él no lo han citado, y la verdad es que no sé su número de placa y creo que incluso nunca supe bien su nombre), tendré que enfrentar yo solo una verdadera conspiración de maricas. El mundo al revés. ∞

Siempre quise ser pintor. No un gran pintor ni mucho menos, simplemente un buen pintor. Un artista decoroso a quien la gente respetara por la seriedad y constancia de su trabajo aunque sus cuadros no arrancaran a nadie suspiros de admiración. Por lo menos al principio, durante los primeros años, me decía. Después ya veríamos. El oficio se hace sobre la marcha, haciéndose, sin concesiones. Si además había genuino talento, la gran obra vendría después, por añadidura, aunque tardara años en materializarse.

Tomé clases con los mejores maestros del patio. Como suele ocurrir, comencé copiando de naturalezas muertas, modelos vivos y paisajes. Imité a los mejores y luego busqué dar con un estilo propio. Así fui perfeccionando técnicas y experimentando en la búsqueda de novedades. Pinté de todo: desde simples cuadros figurativos y abstractos, hasta ir perfilando imágenes realistas, surrealistas, impresionistas y expresionistas, cubistas e hiperrealistas. Y por supuesto, traté de combinar estilos y tendencias buscando una estética diferente. ¿No siempre es así al inicio, e incluso durante años de ardua labor de búsqueda?

Confieso que hacia el final lo que más me interesaba era pintar un enorme autorretrato sobre óleo que pudiera considerarse una auténtica abstracción figurativa. Y ese cuadro, que pensaba obsequiar a mi única hija, debía ser una mezcla inquietante de juventud y decrepitud susceptible de ser captado en un solo golpe de vista, aunque después, mirado con más detenimiento, pudieran deslindarse por partes mis diversas edades en una gradación ascendente o descendente. Ese era mi gran proyecto. Y un día puse manos a la obra, literalmente. Pero ya era tarde.

Me había pasado la vida entera planeando el cuadro, dándole vueltas y más vueltas a la idea, haciendo sólo pequeños esbozos a lápiz sin atreverme a aterrizar. Pero uno no tiene energías y capacidad por siempre. El tiempo deteriora las neuronas y malogra el ánimo. El talento mismo, si es que realmente se tiene, también sufre estragos con los años, por más que existan cada tanto tiempo los Da Vincis y Picassos que llegan a viejos sorprendiendo al mundo con sus obras como grandes excepciones a la regla. Reflexiono todo esto a posteriori, cuando ya no pinto. Las cosas no son como uno quiere, sino como son.

Decidí pintar primero un simple cuadro de caballete, de 17 x 24 pulgadas, con la intención de perfeccionarlo después al quintuplicar sus dimensiones en un segundo momento. Y efectivamente así lo hice. Ese cuadro, al que llamé "Pintor tratando de ser artista", existe y lo tiene en la sala de su casa mi hija Maribel. Se lo regalé cuando cumplió veinte años. Sus fuertes trazos faciales, contrastados con la etérea pero encendida policromía de abstractos perfiles que subyace como fondo y contexto del rostro, todavía no alcanzan, ni remotamente, los rigores del proyecto grande. Pero apuntan hacia ese ideal que sólo yo conozco. Antes de obsequiárselo le tomé fotos desde diversos ángulos para tener un modelo, un punto de partida más real que los vaivenes de mi imaginación. A fin de cuentas, ese cuadro no estaba mal, y sin duda era un inicio. Sólo que entonces, entusiasmado como estaba, no me daba cuenta del gradual deterioro que había ido sufriendo mi salud.

Años atrás, en la década de los setentas, yo había pintado murales dignos en colegios, parques y oficinas públicas de mi país. La escuela muralista mexicana me había enseñado mucho, pero sin duda ahora se pintaba de otra manera y esas obras no hacían más que reproducir los viejos patrones realistas y las alegorías históricas mediante escenas que no iban más allá de la anécdota que buscaba interpretar o idealizar el mito de los héroes universales y de la patria. A pesar de todo, llegué a tener cierto prestigio, aunque nunca la debida remuneración. Sin embargo yo sabía, junto con algunos colegas y estudiosos que optaron por ser generosos y solidarios con mi esfuerzo y se callaron sus posibles críticas, que el arte no puede estancarse y sólo ser digno o complaciente con lo que esperan los que menos saben. Por eso, como prueba de ese conocimiento aún no realizado, quería hacer ese gran abstracto figurativo con mi imagen. Sería un acto de identidad, la siempre pospuesta prueba única de mi genio. Pero no pude.

Miro el modesto cuadro en la sala de mi hija, me miro dejar de ser un ente que va saliendo de la rotunda abstracción del fondo para empezar a ser su propia figura armónica, reconocible. Percibo un atisbo de esa gradación, y de la otra. La que evoluciona muy sutilmente de joven a viejo y, desde otra perspectiva, involuciona de viejo a joven. Pero nada más es eso, un atisbo.

Ya no tiene caso lamentarme. Pensar que sólo yo sabía del proyecto me consuela. Al igual que saber que quienes visitan esta casa admiran el cuadro que mi querida Maribel privilegia en la mejor pared de su sala. Por extensión, supongo -¡oh vanidad de vanidades, aun en esta etapa evanescente!-, me admiran un poco a mí tantos años después de mi muerte ocurrida mientras trepado en un andamio intentaba, pincel en mano, cumplir inútilmente mi sueño. ଔ

OTRA VEZ EL ESPEJO

Otra vez se miró al espejo y se sorprendió, como siempre que ocurría, cuando en lugar de reflejarse hombre se duplicó mujer. Había sucedido en seis o siete ocasiones en los últimos años, y siempre se creyó preso en la trampa artera de la alucinación. Nunca quiso husmear en su inconsciente, ni permitir que lo hiciera profesional alguno, no fuera a ser que afloraran verdades que no deseaba conocer. Y ahora ahí estaba de nuevo, rostro y ropas y cuerpo de hembra apetecible, donde debía reproducirse su estampa usual de macho muy macho.

Sabía que con parpadear tres veces –¿por qué sería siempre el tres un número mágico?–desaparecería esa imagen y volvería a perfilarse la suya, la verdadera. Y que esta realidad, la auténtica, la única que valía, habría de permanecer con él por mucho tiempo. Al menos eso esperaba, aunque en su fuero interno sospechaba que últimamente había otra verdad: el fenómeno parecía acelerar su aparición.

La más reciente fue apenas a fines del año pasado, y ahora otra vez. ¿Por qué, cómo, de dónde le venía esta aberración? Por suerte sólo él la veía, en más de una ocasión lo había confirmado al suceder estando en presencia de su mujer. Decidió posponer un poco su inventada técnica de los tres parpadeos, quería poner a prueba esa otra realidad.

Llamó a Paula al cuarto y ella vino en seguida.

—¿Qué ves? —le preguntó indicando el espejo.

—Tu imagen en el espejo, cariño, ¿qué más?

—¿Me veo como soy?—quiso saber, insistiendo en lo obvio.

—No, te ves como no eres: guapo, fornido, apetecible —bromeó ella.

—No, en serio.

—¿Te sientes bien, Mario? ¿A qué vienen esas preguntas tontas?

—Debe ser la edad, esa especie de menopausia masculina de la que se habla ahora y que a veces da cierta sensación de inseguridad.

—¡Si tú lo dices…!

Parpadeó tres veces. Sólo en ese momento desapareció su alter ego femenino y volvió a verse como era. Pero esta vez el desarreglo especular había durado más tiempo que nunca antes, y él quedó profundamente preocupado.

Esa noche soñó con su imagen femenina. Era claro que ella buscaba a toda costa seducirlo desde el espejo, primero vestida con jeans y blusita corta que dejaba ver el sugestivo ombligo, moviéndose en forma lasciva. En otro momento, desnuda, mostrándole el turgente hechizo de unos senos del todo insospechados, que le sorprendieron gratamente. Pero aún más lo atrajo el abrupto monte oscuro de su pubis. Nunca imaginó que con figura de mujer a su edad todavía podía irradiar tanta hermosura. Poco antes de desaparecer, ella le dijo algo deslumbrante: "¿Por qué no nos fundimos la próxima vez para llegar a ser en el espejo y en los sueños lo que siempre hemos sido en lo más profundo: un solo deseo cambiante a voluntad?" Y Mario despertó agitado, confundido a más no poder.

En los días que siguieron la relación con su mujer, que había sido fría, casi ausente en los últimos meses, mejoró de forma gradual hasta volver a ser tan apasionada como en los primeros años. Lo que Paula no sabía era que mientras hacían el amor su marido imaginaba el suculento cuerpo recién descubierto de su doble hembra. Esto lo excitaba enormemente, y por extensión daba más y mejor placer a su esposa.

Una noche, después de un coito interminable que por primera vez produjo en Paula varios orgasmos sucesivos, Mario no se sorprendió cuando la oyó preguntarle qué estaba pasando en la relación para que las cosas marcharan tan de maravilla. Él no podía, por supuesto, explicarle lo que ocurría, pero en cambio ripostó con otra pregunta, que la desarmó por completo, escandalizándola:

—Oye, Paula, ¿te acostarías con una hermosa mujer?

—¡¿Pero estás loco?! ¿Qué te pasa, Mario? Por supuesto que no. ¿Cómo me puedes preguntar algo así?

—¿Ni siquiera si fuera idéntica a mí, sólo que mujer?

—¡Ahora sí que se te fundió el cerebro!

Y no volvieron a hablar del asunto. Pero poco después se instaló entre ellos un cierto desasosiego que terminó siendo tensión y distancia. La relación empezó a languidecer, se hizo rutinaria, aburrida, y luego más y más espaciada.

Mario dejó de soñar con su doble femenino. Tampoco volvió a verla en el espejo, por más que a veces dejaba de ir al trabajo por pasarse horas mirándose ansiosamente en él. Esto último no lo supo su esposa hasta el día en que se sintió enferma en la oficina y regresó temprano a casa. Ahí estaba el marido, desnudo de cuerpo entero frente al amplio espejo de la recámara, con una singular erección, mirándose. En ningún momento la sintió llegar, estaba demasiado abstraído.

Paula, buscando en el espejo la causa de aquella inusual excitación, dejó de mirar a su marido. Tampoco vio en el espejo la imagen de ese hombre que era su esposo. En cambio pudo percibir de pronto, anonadada, la figura de la hermosa hembra que de alguna manera era el reflejo de Mario: misma cara, el cabello también corto, los labios sensuales, muy blanca y pecosa la piel. ¡Realmente era bella esa imagen, deseable, tan deseable como su marido, y casi tan real como lo era él!

Entonces sintió a su lado un movimiento y lo vio caminar como un sonámbulo hasta meterse con la mayor naturalidad en el espejo. Era como si entrara a su casa, porque además había penetrado en la imagen femenina. En seguida Mario dejó de ser Mario y fue la imagen deseable, la única que había, la hembra que era su doble. Y ésta miraba a Paula con los ojos de Mario, con su misma sonrisa, pero también y al mismo tiempo con la tentación de los redondos senos, con la provocación del vientre tan firme y plano como el del atleta que fue siempre su esposo, con el oscuro pubis que inexplicablemente se imaginaba suculento. Toda ella la miraba, la invitaba a tocarla, a conocer su piel, a compartir su lascivia. Paralizada por la emoción, Paula deseó por primera vez en su vida a otra mujer, y su inmovilidad quedó doblegada.

Dio un paso hacia el espejo, y otro, y otro más. Pero se topó de pronto con la superficie dura, inexpugnable. Tuvo ganas entonces de romper la barrera, de forzar su entrada, porque el deseo la urgía a los extremos. Pero no fue necesario. Pegada al vidrio sintió el súbito calor y la humedad de la otra piel contra la suya, supo que Mario de alguna extraña manera se había transformado para estar con ella como hembra, como María. Supo también que no podría rechazar los avances de aquel cuerpo refundido, híbrido, tal vez andrógino, su agresiva osadía. ¡Porque seguramente, se dijo en un instante de lucidez fugaz, comprendiendo al fin la pregunta de su marido sobre hacer el amor con una mujer, ahora es ella y en otro momento será él, y los tendrá a los dos!

El extraño sortilegio de la novedad no era algo que pudiera meditar, pues ya sentía en sus labios los de la otra, los pezones duros contra su blusa. En un impulso súbito se arrancó a manotazos la tela como quien se deshace de un estorbo, igual salió en un instante de sus pantalones. Ya no existía espejo. Cayeron sobre el lecho, se revolcaron como lobas. Se dejó lamer los pechos, el vientre, el empapado pubis. Sintió lengua y dedos recorriendo sus intimidades. Tuvo sensaciones diferentes porque María -mujer al fin- conocía los recovecos de su cuerpo, la ternura que agradecían sus sitios más vulnerables, los que más podían deleitarla sabiéndolos estimular. Sus orgasmos fueron correntadas de placentera electricidad que la hacían dulcemente convulsionar. Y cuando creyó que todo había terminado porque los temblores habían cedido al fin ante la suave lasitud de la inercia, sintió de pronto la inesperada penetración, el largo vaivén incansable del duro pene de su marido en su vagina, nuevos orgasmos que ya no hubiera creído posibles. Sintió, sí, el cuerpo varonil sobre ella como siempre, las recias manos conocidas acariciándole primero los senos y después las nalgas como un increíble pulpo mientras al mismo tiempo en sus entrañas la inundaba una explosión espesa de la que nueve meses más tarde, para sorpresa de todos, habrían de nacer gemelos.

Realmente eran idénticos. No fue difícil llamarlos Mario y María. ✀

EL ANCIANO

Bañado en sudor, tembloroso, el anciano se miró lacónicamente las callosas manos, sus largas uñas renegridas al final de cada mano. Se las acercó a la nariz, primero la izquierda, luego la derecha, y por turnos las olió con parsimonia tratando de recrear en ese gesto lánguido la vieja y enfermiza fruición de otros tiempos. Entonces respiró profundo, pero el aire entró a tropezones a sus pulmones porque el calor era asfixiante y porque él era ya un viejo carente de fuerzas.

Poco a poco se fue poniendo en pie, miró con tristeza la enorme piedra plana en la que, como en un asiento bienvenido, por horas había descansado a la vera del camino mientras esperaba que pasara el último autobús que podría llevarlo todavía a la ciudad. Lamentaba abandonar ese duro pero amable apoyo material, aunque más lamentaba tener que emprender una marcha interminable y sin duda inútil por su edad y sus achaques. Trastabilló al dar los primeros pasos, se esforzó por mantenerse medianamente erguido, y al fin logró encaminarse.

Tras diez minutos de penoso andar sobre el oscuro asfalto caliente, se sintió cansado, muy cansado. Los roídos zapatos ya no neutralizaban la sensación de brasa ardiente en las suelas de sus pies. Le dolían las rodillas, la espalda encorvada, la cabeza. Pensó en el hijo al que no veía desde pequeño, en la ya remota época en que su insensatez lo arrancó del hogar para lanzarlo a las estúpidas noches de insaciable alcohol y prostíbulos. No había vuelto a saber de él, ni de la joven esposa que para mantenerlos trabajaba todas las tardes en una cómoda oficina ofensivamente sofistica-da. Lamentó el estigma de su creciente desmemoria ante la realidad de no poder recordar sus respectivos rostros, que sin duda hoy serían diferentes, más ajenos que nunca. No podía con sus huesos, con lo poco que le quedaba ya de vida.

Otra vez trastabilló, se fue de lado, cayó pesa-damente al suelo sobre el filo duro de su sombra, lasti-mándose las costillas. En el cielo, a lo lejos, acercándose, vió planear un ave oscura. Supuso equivocadamente que se trataba de un gallinazo, que esa visión era el preludio del fin. Entonces creyó que el sol seguía jus-ticieras órdenes al vaciarse de luz, por un momento quiso poder decir una plegaria, pero en seguida sintió que lo absorbía la oscuridad y ya no supo más.

Once días después despertó en un cuarto con olor a desinfectantes lleno de aparatos conectados a su cuerpo. Le observaban dos enfermeras y un médico, según entendió más adelante. Había mucha claridad en aquel sitio desconocido y tuvo que cerrar los ojos. Debió dormirse, pensó cuando volvió a abrirlos y ya era de noche y no había nadie. No podía recordar nada, pero sabía que se hallaba más cómodo en la penumbra y acompañado solamente por sí mismo, aunque no supiera quién era.

Los médicos y enfermeras entraban y salían, le comentaban que de ésta no se moría, le hacían bromas, y el anciano no se inmutaba. Parecía encerrado a piedra y lodo en el caracol de sí mismo, aunque en realidad sólo fingía dormir la mayor parte del tiempo mientras luchaba por recordar. Durante tres semanas prefirió no contestar preguntas, no hablar con nadie. Ni siquiera con el jovencito taxista que, según supo desde el principio, lo había encontrado en el camino y al que por tanto le debía en parte la gracia de estar a salvo en un buen hospital. El chico estuvo a verlo un par de veces y, finalmente, ante su inexplicable pero ya obvia indiferencia, se había retirado para ya no volver.

Un día cualquiera, poco antes de que le dieran de alta, el anciano no sólo se reconcilió con la luz en aquel cuarto, sino que pudo recordar. Supo al fin quién era, reconoció al que había sido, comprendió el nudo permanente de su amargura. Conmocionado, también reconoció en la imagen del taxista, algo cambiados pero los mismos, los rasgos del rostro de su hijo. Y lloró largamente en su cama de hospital, la única cama decente que había tenido en mucho tiempo. De inmediato se hizo la ilusión de buscarlo apenas saliera.

Una ilusión que lo iluminó durante sólo una fracción de segundo. Porque por desgracia, como a veces sucede, la emoción fue demasiado interna, demasiado fuerte, y la vida no le dio tiempo para perseguir aquel sueño fugaz. O más bien la muerte, que siempre llega a deshora y es burdamente inoportuna. ❧

MEMORABLE

Algo tan memorable es poco frecuente en nuestro días. Ahora todo es violencia, drogas y pornografía. Y sin embargo lo que ocurrió indica que todavía hay esperanza en este mundo dominado por la estupidez y una mediocridad galopante. Incluso dentro de los parámetros de la anormalidad que atenaza a ciertas personas y que ciñe determinados ámbitos, también suceden gestos solidarios, mágicos, generados por la creatividad.

La señora que de pronto estaba junto a mí se me quedó mirando unos segundos y, sin conocerme, me tendió generosamente el brazo sin pensarlo dos veces. Su mano tomó la mía y, con un esforzado movimiento del cuerpo entero me fue ayudando a levantarme. Grandota, algo lenta, su rostro irradiaba simpatía.

El golpe había sido terrible, al grado de que todavía yacía en el piso un buen rato después de la colosal caída desde el balcón del primer piso, en donde pintaba las ventanas. Supuse que tenía rotas varias costillas y tal vez incluso la clavícula, porque el dolor era enorme aunque yo permaneciera del todo quieto.

Una vez en pie, noté que todo mi cuerpo estaba maltrecho y tuve la súbita sensación de haber quedado deforme en mi figura. Me visualicé como el Jorobado de Nuestra Señora de Notre Dame, pero recordé la existencia de la caricatura que ronda cines y aparatos de televisión., y preferí parecerme a mí mismo, cuya figura supuse joven y atractiva. La mujer continuaba a mi lado y me pareció que le costaba hablar. Alcancé a decirle "gracias", y entonces ella hizo ciertas gesticulaciones que me dieron a entender que era muda o sordomuda. Me pareció que me inducía a seguirla, así es que cuando se dio vuelta para indicar el camino lo hice, y en seguida llegamos a un carro estacionado al borde de la acera. Entendí que era el suyo y que ofrecía llevarme, probablemente a un hospital. Le dije que no era necesario, pero insistió y tuve que subirme.

Lo curioso es que la mujer me llevó hasta su casa, me invitó a pasar, me atendió como una madre, primitivamente fue curando mis heridas exteriores, y sólo cuando vio que me desmayaba del dolor llamó a un médico. Éste, que tardó una media hora en llegar, era un pariente suyo y no me cobró por sus servicios. Me vendó el tórax, me inyectó un analgésico y me dijo lo que yo sospechaba ya: que podía tener varias costillas y la clavicula derecha rotas, por lo que debía ir de inmediato a un hospital a que me tomaran radiografías.

Pero, sorprendentemente, ella no quería que volviera a salir de inmediato. Por señas ofreció cuidarme si el médico le decía lo que debía hacer y la ayudaba al principio. Ellos se tenían confianza y, aunque se retiraron hacia el corredor platicando, oí perfectamente cuando él le aseguró en tono enérgico que yo necesitaba ayuda profesional. Cuando la mujer le dijo que para eso estaba él, que era su primo, caí de pronto en la cuenta de que me había estado mintiendo. No era sorda ni muda. Hablaba y entendía perfectamente lo que el médico le comentaba.

Al final de la conversación alcancé a escuchar cuando él le reclamaba airado:

—¡Ya deja de fingir! ¡Lo único que quieres es secuestrar también a este hombre como a todos los demás, y obligarlo a quedarse contigo! ¡Estás enferma, Irene! ¿Lo sabes, no? Esta vez no voy a tolerarlo. Por una vez en la vida lo llevaré yo mismo al hospital. No me lo impedirás.

Entonces ella reaccionó furiosa. Tras estrellarle de inmediato un jarrón chino en la cabeza al primo, quien cayó estrepitosamente y sangrando al suelo, no sé en qué momento despertó, condenándome a desaparecer en el proceso. Pero ha ocurrido algo asombroso: Lleva horas sin poder dormir, pensando en mí. Y esa necesidad suya de que exista me ha dado realmente vida. Porque aquí estoy, observándola callado, imaginando cómo me imagina, contando esta historia que por supuesto es real. ¡Y memorable! ¿Cómo no va a serlo si literalmente le debo la vida? ❧

LA VERDAD

La verdad puede no ser agradable cuando de improviso despliega su fulgor sobre las viejas certezas o las rancias costumbres haciendo que todo lo anterior se distorsione al verse reflejado en otra luz. Una luz que sin duda puede cegarnos por completo cuando, ingenuos, pretendemos darle abiertamente la cara. Porque ya se sabe que no hay peor ciego que el que no quiere ver.

Pero Sandro supo afrontar finalmente su verdad. Ahora que al fin se atreve a mirarse sin pudor al espejo, tal cual es, comprende que no hay maquillaje ni disfraz ni aditamentos posibles ante el dolor de sí mismo. Porque en momentos como estos de nada vale la destreza en los viejos trucos de su impostura, aunque por tanto tiempo haya podido engañar a los otros. Sobre todo a los hombres, aunque sólo sea a medias, pues en algún momento difícilmente no se dan cuenta pero bien que llegan hasta el final igual de excitados...

Si bien su cuerpo sugiere como siempre la suavidad de algunas veleidades, la posibilidad de ciertas ternuras innatas o aprendidas –la insinuación de incipientes senos y de caderas ondulantes, su manera sinuosa de moverse al caminar, algunos gestos proclives han sido desde su niñez señales insoslayables que no hacía más que acentuar–, es la primera vez que comprende que nunca será una verdadera mujer. Ahí está eso entre sus piernas para probarlo. Y ni soñar con milagrosas operaciones; ¿con qué dinero, con cascaritas de huevo?

Proclive a ser siempre lo que no puede ser nunca por completo, atrapado en un cuerpo perversamente ambiguo, no le perdona a Dios que su alma sea la de una hembra ardiente que por desgracia necesita macho tanto como desprecia en sí mismo todo indicio de masculinidad. Porque no es un simple travesti, no. Su atuendo al recorrer descaradamente las calles es un arma de conquista, su única herramienta de seducción. Sólo que anoche, por primera vez, hubo sorpresa y ofensa en que no fuera un hombre el que se dejara deslumbrar por su apariencia. Sin que mediara palabra ni insinuación alguna, había sido una maldita mujer la que, enloquecida de deseo, arrastrándola hasta un zaguán cercano se lanzó sobre la presa. Lo súbito del hecho, y en seguida el asco de aquella agresión, le urgieron a defenderse. Sandro no entendió entonces el por qué de tanta violencia, todavía no lo comprende, pero sus afiladas uñas postizas rasgaron el rostro de la atrevida y a mordiscos desgarró la yugular. Después, dejando tiradas peluca y jirones de la vaporosa blusa de encajes, huyó despavorido.

Frente al espejo, mientras recuerda llora, más que por la culpa por la humillación. Tocan a la puerta, sabe que vienen por él. Ya no tiene tiempo de vestirse, de acicalarse debidamente. Lástima. Ya no será a ella, a esa que ya nunca llegará a ser, a quien se lleven. ✑

OBEDIENTE

Obediente sí, lo que se dice un niño obediente. Eso era Pablito. Sumiso y obediente. Respetuoso y obediente. Dispuesto siempre a complacer. A cualquier hora, en todo lugar, sin que mediaran excusas ni tardanzas en la ejecución de lo que se le ordenaba. Siempre ahí, dispuesto, complaciente. Jamás una queja, un gesto abrupto, algún despecho. Un niño modelo, bueno, de esos de los que ya no quedan muchos en este mundo plagado de violencia y malos ejemplos. Hasta hace un momento, cuando se le torció la boca y sus habituales ojos bizcos de súbito se le pusieron extrañamente normales y sentí que olvidaba por completo que yo era su padre, que le había dado una orden, que por primera vez se la estaba repitiendo, porque de buenas a primeras una, dos, tres veces me disparaba con mi viejo revólver que por años creí perdido, y luego dos veces más y me dolía una enormidad en medio del montón de sangre, y todo porque le dije que ya me iba a trabajar y que como de costumbre extendiera los brazos para amarrarle las muñecas al respaldo de la cama, no fuera a salirse a la calle a hacer alguna travesura durante el día, nunca se sabe… Y ahora soy yo el que me le he quedado mirando, para siempre asombrado y sin verlo ya desde mi cuerpo maltrecho sino desde acá arriba. Porque flotando ocioso como nube a destiempo percibo cómo le saca la lengua a mi cara violácea como burlándose. ☙

SALIR VOLANDO

Cada vez que pasa se siente tan mal, tan incómodo, que lo único que se le antoja es salir volando.

Porque es algo realmente penoso eso de que a uno se le pare el pito cada vez que ve a una mujer hermosa, de tal manera que todos se dan cuenta de inmediato de la flamante excitación que lo atosiga. Y es que le sucede en sitios en los que la gente pasea la vista inevitablemente por la anatomía de los demás -piscinas, playas, paseos, ciertas fiestas-; y le ocurre en forma más bien desmesurada. Entonces se pone rojo como la remolacha, da media vuelta y se va sin despedirse, agravando la situación. En realidad cada vez hubiera deseado evaporarse, que se lo tragara la tierra o simplemente salir volando. ¡Sobre todo esto último, pues le encantan los pájaros, su gracia extrema y armonía, su absoluta libertad de desplazamiento!

Un día, al regresar de vacaciones a su pueblo, por casualidad ve a una monja bañándose en el río, junto con otras monjas: seis en total. Desprovistas de sus hábitos, revolcándose en el agua como Dios las trajo al mundo –sólo que ahora con provocativos cuerpos divinos imposibles de adivinar bajo la gruesa tela cotidiana–, constituyen un espectáculo increíble. Pero es una en particular la que ha llamado su atención. Mientras salta y ríe y se avienta al agua huyendo del relajo de las otras, la piel oscurísima –es la única de raza negra– refulge al sol como estatua de ébano fugada de su anterior inmobilidad, eléctrica ahora toda ella como una anguila. Escultura viviente, sus senos y nalgas de amazona dishinibida parecieran brincar por su cuenta al zangolotearse ocupando todos los espacios. Y por supuesto ahí está él, mirando, babeante, inevitable-mente henchido a más no poder.

No sabe en qué momento la mano ausente libera sin remedio el duro miembro, lo soba, le concede plena libertad, todo el espacio del mundo. Sin darse plena cuenta lo incita a desfogarse mientras se con-centra en la extraordinaria pelambrera que caracolea su negror entre las oscuras piernas de aquella diosa africana. Hasta que violenta salta la esperma en un breve diluvio de espasmos cuya substancia va a dar al río. Estampa asombrosa que, no se sabe cómo, es-tupefactas las mujeres alcanzan a ver. Después estalla la risa, en ráfagas, humillante. Humillante para él, claro, que se ve mirado con las manos en la masa sin poder contener la acción.

En ese momento ocurre algo verdaderamen-te inverosímil. La metáfora, otras veces equivocada, ahíta de ficción, se vuelve un hecho real ante los ojos de las monjas, quienes han corrido a acomodarse los hábitos: de pronto el chico, apenadísimo, literalmente sale volando.

El vuelo es lento al principio, pero en seguida agarra velocidad, se eleva, se aleja, y pronto se pierde tras la curva gris de los lejanos cerros. Y, como ocurre en algunos cuentos, no se vuelve a saber más de él. ✿

A veces no sabes si lo que sucede está ocurriendo realmente o si sólo lo imaginas con el extraordinario poder de tu imaginación que conoces tan bien. En verdad es muy difícil saberlo, entre otras razones porque no hay límites, las fronteras no existen. Cualquier deslinde es imposible en un mundo en el que una cosa y la otra son exactamente lo mismo. Y no obstante, ¿cómo no estar consciente del peligro que representa esta drástica falta de claridad, la ausencia absoluta de certeza? Porque hay riesgo en creer siempre que las cosas son de cierta manera, que al no tenerse dudas sobre nada todo marcha perfectamente bien. Claro que lo hay. ¿Riesgo de qué? De todo, de absolutamente todo. Por ejemplo, ¿cómo saber de cierto si es real o nada más una grata fantasía este sentirte convencido de que hoy te has levantado contento y convencido de que el recién llegado esplendor del verano derrama sus bendiciones sobre tu cotidiana soledad, propicia al máximo esta sensación de buena salud, estimula la realización de tus proyectos más osados. Entusiasmado te bañas cantando, ingieres de mil amores el más frugal de los desayunos, sales de tu casa silbando y con la mente llena de planes e ideas que pronto echarás a andar. Antes de entrar al elevador de la compañía de seguros en donde laboras, no puedes evitar la ejecución de un súbito impulso y, emocionado y expectante, te regresas corriendo a tu casa porque te bullen extraordinariamente las ideas en la cabeza y como nunca antes te mueres de ganas de escribir. Te encierras a cal y canto por no sabes cuánto tiempo, las vivencias fluyen por tus dedos y se convierten en seguida en verdaderos chorros incontenibles de palabras cuyas combinaciones y secuencias singulares van creando situaciones, atmósferas, tonalidades, personajes diversos que se convierten poco a poco en la siempre buscada trama. Pasan rápidamente las horas, los días, las semanas, los meses, acaso un par de años, no lo sabes, en realidad no estás seguro ni te interesa, y acabas escribiendo lo que a juicio de muchos es una de las mejores novelas de tu país, y poco después logras publicarla con gran éxito de crítica y ventas, y empiezas a preparar en seguida la segunda e incluso al mismo tiempo la tercera, diferentes radicalmente entre sí, innovadora cada cual a su modo, estimulantes. Muy pronto te conviertes, con justa razón, en un autor famoso, admirado. No te dejas abrumar por la fama. Continúas escribiendo de forma simultáne estas obras hasta terminarlas. Te sientes satisfecho, sabes que has logrado colmar tus expectativas inmediatas. Meses más tarde, tras revisarlas minuciosamente, inicias la búsqueda de editores para su publicación. Poco después, una prestigiosa editorial española te compra los derechos de edición de la más extensa y experimental, mientras que la novela corta es adquirida por una reconocida editorial mexicana. Ambas obras se convierten de inmediato en *best sellers*, pero no sólo por sus impresionantes ventas en todas partes sino también por el entusiasmo coincidente de la crítica en diversos países. Por supuesto, sigues escribiendo. Ahora te da por los cuentos, y no pasa un año cuando ya buscas y encuentras sin problema alguno un nuevo editor para el libro inédito que alberga una colección de 40 ficciones breves con las que, por su particular densidad, concisión y sentido de extrañamiento estás muy a gusto. También pega esta obra, y cómo, pues muy pronto se vende como pan caliente mientras los críticos nacionales y extranjeros desgranan sus elogiosos en periódicos y revistas. Empiezas a cosechar ganancias por concepto de regalías en las que hasta hace poco no te hubieras atrevido siquiera a pensar. Poco después te animas a compendiar una selección de poemas, algunos de los cuales habías escrito entre capítulo y capítulo de las novelas, y entre cuento y cuento, además de otros creados en esta nueva etapa. Publicarlos como libro resulta menos sencillo en esta ocasión, pero meses más tarde una pequeña editorial argentina accede, sin bien sólo te paga con cierta cantidad de ejemplares, lo cual te hace feliz de todos modos. No es fácil que a uno le editen una colección de poemas. Sabes que el éxito que disfrutas puede ser efímero, pues sin duda se trata de una racha de suerte que no durará, por lo que debes aprovecharla al máximo. Tu idea de aprovecharla, más que referirte al plano de la economía o al derroche, lo que hace es inducirte a seguir escribiendo, lo cual te convence una vez más de que eres un escritor de sólida e inexorable vocación. Y entonces despiertas del ensueño, y turbado ves las tres novelas, la colección de cuentos y el poemario impresos en papel tamaño carta, organizados en una cierta secuencia y prensados por el lado izquierdo en un sencillo cartapacio, escritos todos en esa tipografía *"times new roman"*, en 12 puntos y a doble espacio que sueles asignarle a tus textos en la computadora. Las publicaciones fueron sólo imaginarias, si bien las cinco obras fueron efectivamente escritas, existen, están frente a ti. No sabes si echarte a llorar, o si el hecho de haberlas escrito en un tiempo del que en realidad no tienes noción alguna debe constituirse por sí mismo en la mayor de las satisfacciones en tu cansado ánimo. Cansado, sí, porque por más que el paso del tiempo sea un largo o corto fluir inadvertido mientras dura el intenso fragor de la creación, no hay duda de que a la larga uno se cansa, hay desgaste, a veces se te viene encima como un súbito aguacero el agotamiento. Y eso sientes ahora, un enorme, pesado, inescapable agotamiento que te está aplastando contra las cenizas de tu fantasía, desbaratándote las defensas, matando tu ánimo. Quieres luchar contra eso, pero no puedes. Sin entender exactamente por qué, entras en una pesada depresión que te absorbe forzándote a resbalar por un largo corredor neblinoso. No se ve nada, nada recuerdas ya, lo cual te hace presentir el peligro de ya no poder salir, de no hallar el camino de regreso. ¿Habrá existido éste alguna vez? Empiezas vagamente a entender que no te importa, pero en seguida ya no entiendes ni eso. ᶜˢ

UN MAL SUEÑO DE LUCHADORES

Nunca debí despertar así, tan bruscamente, tan sin sosiego. Hubiera sido mejor salir del sueño procurando entrar al territorio de la vigilia como otras veces, con naturalidad, tranquilo. Así me hubiera evitado esto. Pero quién para adivino. Además, lo cierto es que uno no controla esas cosas, como tampoco éstas, ni nada en realidad. Somos apenas marionetas, efímeros seres gobernados por la inercia hasta que una voluntad superior asoma su índice invisible y de una u otra manera nos marca. A veces nos avisa, permite que más o menos nos preparemos; pero muchas otras no. Como cuando salí volando del sueño y aterricé en aquel callejón que parecía estarme esperando, un sitio inmundo en el que no estaba cuando me acosté a dormir esa noche.

El golpe fue duro, en la cabeza, lo recuerdo muy bien, y sangraba por el oído izquierdo. En ese momento sentí gran perplejidad. Me angustiaba más el no saber qué hacía ahí y no en mi cama, con una grave herida que me mantenía postrado en el piso entre basura y malos olores, gimiendo. Quise recordar qué pasaba en el sueño, qué había sucedido con fuerza suficiente como para lanzarme de una dimensión a otra. Iba a desmayarme cuando, en un atisbo fugaz, recordé. Un ladrón había entrado a la casa y hurgaba en las gavetas del escritorio en mi estudio cuando oí ruidos extraños y fui a investigar. Tenía puesto un pasamontañas oscuro y en la oscuridad sólo le brillaban los ojos. Me vio apuntándole con una pistola antes de que le ordenara levantar los brazos. Se me abalanzó. El tipo era enorme, muy fuerte, y sabía pelear. Como hacen los luchadores profesionales, en algún momento del forcejeo me levantó en peso y me lanzó por la ventana abierta. Pero mientras volaba por los aires desperté en mi cama. Por supuesto, me sentí aliviado al comprobar que había estado soñando. Sólo que se trataba de un sueño dentro de otro, porque en seguida el tipo reapareció en mi cuarto y me sacó bruscamente de la cama agarrándome por la pijama. Me espetó, muy molesto, que esta vez no fallaría. Entonces, con una especie de rugido, me levantó en peso y yo supe que no debía preocuparme porque sin duda esta escena también era continuación del mismo largo sueño de antes. Cuando me di cuenta de que realmente viajaba velozmente por los aires entré en pánico. Sueño o no, en esta ocasión el trancazo me iba a malograr a menos que milagrosamente se frenara mi caída o despertara a tiempo otra vez.

Después vino este descalabro de mi cabeza, la aguda conciencia de la sangre manando, manchando la suciedad del piso. Al mismo tiempo llegaron los olores nauseabundos, mi breve asombro por la falta absoluta de dolor y la añoranza de la tranquilidad de mi cuarto. Pero en un último relámpago de lucidez recordé al tipo grandote, me pregunté quién sería, qué era lo que tanto buscaba. Sólo en ese instante entendí que en realidad yo mismo era ese luchador intruso, y que mi manager, un excampeón de lucha libre y antiguo maestro, había hecho trampa con el último contrato, por lo que yo había ido a su casa buscando pruebas de la fechoría. ¡O sea, maldición, que en el fondo no hubo tal sueño, o que si lo hubo la cosa sucedió al revés, a veces los sueños son así, ya que había sucedido todo dentro de la noción equivocada de estar durmiendo yo en mi cama cuando en verdad mi manager es quien realmente duerme en la suya, se despierta al sentir mi presencia, forcejea conmigo, me arranca la máscara, al reconocerme se enfurece aún más y, siendo sin duda más fuerte y experimentado, rápidamente me levanta en peso y me lanza al vacío…! ⋈

ADÁN

Usted mira sin mucha esperanza por la ventana. Ve los mismos campos nevados, igual ausencia de movimiento. Cree oír el silencio, pero lo que escucha por supuesto es una interminable paz que es la total ausencia de vida. Sigue ahí, sin prisa alguna, sin mayores pretensiones, huérfano de pasado, de sí.

Usted es una persona importante, al menos lo era hasta hace apenas unos días. Pero no se acuerda. La memoria es un don innato que no se echa de menos si se ignora haberla perdido. Es su caso precisamente. No recuerda por qué no recuerda nada, pero por eso mismo no le preocupa ni hace falta. Sólo está frente a usted el presente, y éste no promete nada. Por tanto tampoco existe el futuro, ni siquiera como noción. Usted está en una silla de ruedas con su soledad, pero esto no le inquieta. Es como flotar en un limbo y no saberlo.

Usted es un gran músico y compositor. Su fama es realmente enorme. Ha ganado innumerables premios y distinciones. Su trabajo es reverenciado en importantes círculos académicos y artísticos del mundo. Pero, como ocurre con tantas otras cosas, no lo sabe, y por tanto es como si no fuera nadie. Un perfecto don nadie. Un gran cero a la izquierda. Pero tampoco sabe esto.

Usted, al no tener una idea clara del tiempo, no lo necesita en absoluto para pensar. Sus ideas fluyen como ríos mansos, pero las bajas temperaturas anímicas, al igual que sucede con el clima en esos grandes campos que contempla, tienden también a congelar su pensamiento. Cuando esto sucede usted ya no recuerda lo pensado, tiene la desgracia de no poder aprovechar sus ideas. Sin embargo, esta tragedia que se sucede interminablemente sin su conocimiento, al mismo tiempo resulta ser también una bendición, aunque usted lo ignore. Una bendición porque no sabe que lo tienen secuestrado en esta cabaña, aislado del mundo. Los amnésicos no sufren a consecuencia de privaciones, son como nobles vegetales, sobreviven. No les preocupa en absoluto la causa de su mal. Igual da que haya sido por un fuerte golpe en la cabeza o el resultado de un coma del que pudo regresar, o que exista alguna otra razón.

Usted es un hombre noble, bondadoso. Lamentablemente, tampoco lo sabe. Quizá su actitud contemplativa sea en el fondo un rasgo de su carácter amable. Porque una persona que desafía el frío para admirar por horas el blancor purísimo de una naturaleza petrificada debe ser alguien muy tonto o muy especial.

Usted empieza al fin a sentir la frialdad del entorno. Cierra la ventana y se dirige al pequeño comedor. Tiene hambre. Abre la hielera portátil, saca leche, pan y queso, se sirve un vaso y prepara un emparedado. Se sienta a la mesa y lentamente deglute ambos alimentos. Tararea una melodía, se sorprende agradablemente con el sonido, busca papel y lápiz y garabatea unas notas. Lo hace sin pensar, sin saber que si no lo hiciera se le olvidaría la tonada. Sin darse cuenta de la importancia de lo que hace instintivamente, continúa apuntando notas a medida que sigue tarareando. Después de un largo rato, de cuya temporalidad no tiene idea, ha llenado varias páginas de la libreta con notas que, ¡bendito sea Dios!, sí es capaz de leer y articular melódicamente. Sonríe. Ha redescubierto, sin entenderlo, una vieja chispa de su ser profundo, de su genio. Usted es ahora como un niño, un ser brillantemente elemental. Aunque sólo sabe que el descubrimiento de su habilidad para componer música le hace feliz, es suficiente.

Usted se sorprende cada vez que uno de sus secuestradores entra a la cabaña, le trae comida o un libro, le dice cualquier cosa. Su capacidad de olvido es muy superior a las repeticiones. No le cuesta ser amable con estas personas, quienes a su vez se esfuerzan por tratarlo con cierta consideración. Están conscientes de su prestigio, en el fondo lo respetan y admiran. Pero tienen una misión que cumplir, una ganancia que obtener, y esta vez a usted le ha tocado en suerte ser la víctima. Esperan que todo salga bien, que sus familiares acaben pagando el rescate millonario, que sean discretos, que la policía no meta las narices. Son enemigos de la violencia.

Usted lleva seis piezas escritas en su libreta al cabo de tres semanas. Ignora el tiempo transcurrido pero sabe contar. Y lo escrito no se olvida. Pero aunque se le olvida todo lo demás, no deja de ser un buen observador. Y se ha dado cuenta de que los hombres que lo visitan lo hacen cada vez menos, y que cuando lo hacen están nerviosos. Además, usted ha estado apuntando ciertas cosas, precisamente para poderlas repasar, repensar. Una de ellas es la noción de que dos hombres que le traen comida y libros y las nuevas libretas solicitadas en las que saben que sólo escribe música, ya no lo frecuentan tanto. Otra nota habla de que cada vez queda menos comida en la cabaña. Otra más es acerca de la extrema y creciente irritabilidad de sus visitantes. También apunta que éstos se niegan a decir sus nombres ni a revelarle el suyo.

Usted comienza a escribir sus reflexiones sobre ésta y otras situaciones. Por ejemplo, señala que le parece extraño no saber su propio nombre y no recordar nada que no sea lo que escribe. Por supuesto, en un proceso natural, esto lo induce a continuar escribiendo, variando más y más sus temas. Para ello debe pensar como no podía hacerlo antes, tiene conciencia plena del fenómeno. Ahora decide achicar su letra al máximo para que le alcance el espacio, pues la última vez que vino uno de sus visitantes se negó a traerle más libretas y libros, y la ración de comida disminuyó.

Usted tiene ahora la sensación, casi la certeza, de que escribir le está devolviendo lentamente ciertos rasgos de la memoria. O al menos está despertando su capacidad de pensar y también de imaginar. Y descubre que para el caso es lo mismo recordar que pensar que imaginar, porque las palabras convocan imágenes que se tornan reales, y las imágenes inducen su búsqueda de las palabras adecuadas para expresarlas, y lo que resulta es una suerte de experiencia viva que vuelve a nacer con cada lectura. Palabras e imágenes, por cierto, que van brotando extraña, casi mágicamente mezcladas entre sí desde algún surtidor secreto escondido en algún sitio hondo de su ser. Usted está feliz. Tanto así que no siente hambre a pesar de que escasea la comida.

Usted ha descubierto en la escritura, pero más aún en la lectura de ésta, la existencia del concepto tiempo. Porque entre un hecho y otro, entre una reflexión y otra, entre un hecho y una reflexión, hay vacíos y hay secuencias, presencias y ausencias que se alternan no sólo en el espacio físico de la página sino también en el que separa el transcurrir. Usted empieza a entender el mundo de las palabras, y luego comprende el de los hechos que esas palabras evocan y convocan, que no son más que reflejos e interpretaciones de las cosas que realmente suceden, le suceden. Cada día que pasa usted descubre más cosas, está más desnutrido.

Usted tiene muy claro que sus visitantes ya no han vuelto. Asume que tal vez ya no regresen. Les está agradecido por la comida y los libros, por las libretas que le han permitido expresarse. Se ha leído todos los libros, aunque poco después olvidara lo leído. Ahora piensa que probablemente algo de esas lecturas quedó depositado en algún sitio de su ser, porque fueron un factor que le indujo a escribir, aunque sin duda existen otras razones más personales.

Usted sabe que desde hace algún tiempo no hay comida. Previendo esto, había estado racionando en pequeños trozos los alimentos. Reconoce que a menos que ocurra un milagro el final está cerca. El hambre, que nunca fue una molestia, lo ha debilitado poco a poco hasta el agotamiento. Antes, cuando se acabaron las libretas, llegó a escribir en las paredes, en el piso, en su propio cuerpo.

Usted, tararea ahora una de las primeras melodías que compuso, hace muchísimos años. Empieza a sentir una gran nostalgia, no sabe exactamente de qué, y decide inventarse un nombre. En ese momento se arrastra hasta la ventana, mira hacia afuera y un inesperado verdor brillante invade su vista cansada. Entonces, lentamente, escribe con su índice derecho la palabra Adán en la palma de su temblorosa mano izquierda y, sonriente, expira. ✑

CONFIRMACIÓN

Hace frío, me dijo. Estás loco, si lo que hace es un calor del carajo, respondí. Pues yo tengo frío, insistió, me duelen los huesos. Y yo no aguanto ya este pinche calor, repliqué quitándome la blusa y la falda porque hasta su simple roce me crispaba la piel. Fue en ese momento, exactamente entonces, que se me quedó mirando, tuve la impresión de que nunca se había fijado bien en mi cuerpo, porque literalmente se le caía la baba. Entonces se me acercó muy seductor -antiguo amante que creía perdido para siempre- y me fue despojando del corpiño y del panty, incrementándoseme en el proceso el calor de la emoción, a lo que se sumó una galopante taquicardia a medida que sus manos me acariciaban y sus labios hurgaban redondeces y hondonadas y abismos interiores casi al mismo tiempo. ¡Y no tanto porque otra vez iba a estar íntimamente con mi hombre, porque recuperaba en un instante el pasado y se producía el milagro de transfigurarse el presente, sino por esta certeza de lo imposible materializándose ante mis ojos, en mi cuerpo, todo fluir de jugos y gemidos, todo realidad y entrega alucinada, ¡febril confirmación de que se puede tener sexo con un fantasma! ෬

SÍLFIDE

Sílfide Rodríguez, vecina mía, tenía muy bien ganada su reputación de ninfa. Era como un espíritu elemental del aire, el ser fantástico de los cabalistas. Además, como en su mejor fama, era esbelta y hermosa, siempre como encendida por dentro. Y por supuesto, a todos nos traía de cabeza. Sin saberlo. Porque esa mujer no se enteraba de nada. Vivía en las nubes, ajena a todo, ausente de sí misma. Era la quintaesencia de la más pura enajenación.

Hasta que conoció a Silfo Atenógenes Amado, de procedencia desconocida, a quien amó desde el primer instante. Y fue correspondida. Con creces. Un día los vi flotando sobre el almendro del patio de al lado, copulando alegremente. Ahí estaban, como Dios los trajo al mundo, dos ángeles trenzados en el gozo excelso. De sus cuerpos, que se habían tornado luminosos y ausentes de toda distracción mundana, salían no gemidos sino auténticos cantos de sirena, cuyas tonalidades se alternaban como en una sinfonía extraña y fascinante. No pude resistir la ofensa. Yo la había pretendido por años, la visitaba, le llevaba flores. Ella era mi adoración, mi fetiche. Me conocía cada gesto suyo, cada antojo, el olor de su cabello largo del color del azabache, su manera de querer algo con la beatífica mirada...Verla así, con poderes sobrenaturales propios de una mística, entregada al engendro ese que parecía salido de una de sus costillas, sumida en el más bello placer, fue demasiado.

Fui por mi vieja escopeta, heredada del abuelo cazador de patos en las tierras altas. La cargué, salí al patio, apunté por encima del almendro, tiré del gatillo. La vi caer veloz como un ave destripada que cede sin remedio ante la gravedad.

Segundos después, reponiéndose de la estupefacción momentánea, Silfo bajó flotando, con los pies para abajo como si un paracaídas invisible neutralizara su descenso. Se inclinó sobre el cuerpo roto de Sílfide y lo amortajó entre sus brazos. Lloró, sacudido por un hálito mortal, y en seguida se derrumbó sobre ella.

No pude resistir tanta tragedia. Destrozada mi dignidad, me quedaba una bala. Creí haber renunciado a contar esta historia, pero para mi desgracia la vida continúa de este lado. Y Sílfide anda pese a todo por aquí, de la mano con Silfo, muy quitados de la pena. Hasta me saludaron sin resentimiento alguno. Parece que incluso les hice un gran favor devolviéndolos a su estado de gracia natural. Y yo, hecho mierda celestial. Porque al arrepentirme del crimen y al mismo tiempo pedir perdón por mi muerte en proceso, se me concedió –¿generosamente?– el Paraíso. Como quien dice, pasé rozando la prueba eterna. Pero se me dio también la condena de tener que verlos felices para siempre. ¡Qué hijoeputada tan grande! ❧

Se le quedó mirando boquiabierto, sin saber qué decir ni qué hacer. Al entrar al hotel, la chica se había quitado de inmediato la blusa y el sostén y sin decir palabra lo retaba con su provocativa desnudez. Nunca había estado en la intimidad con alguien que realmente le gustara. De pie frente a ella, con la ropa aún puesta, pensó que era imposible que no hubiera notado su excitación, aunque lo disimulara mirándolo a los ojos.

Después de un largo silencio, temiendo una reacción adversa, poco antes de posar con cierta torpeza sus manos sobre los erguidos senos blanquísimos se atrevió a exclamar:

—¡Tienes los pechos más hermosos… que haya visto jamás!

Ella, ruborizándose, bajó la vista mientras musitaba:

—Gracias. ¡Tampoco había visto antes una erección como esa! ¡Qué bárbaro! Pero, ¿sabes?, podría apreciarla mejor si te quitaras el pantalón.

Con manos ansiosas y movimientos confusos, ambos se ayudaron a terminar de desvestirse, y enseguida estuvieron sobre el lecho en un frenesí que no hizo más que precipitar en él un fallido acoplamiento.

—Perdóname…, es mi primera vez -trató de excusarse el muchacho.

—También la mía, no te preocupes —quiso consolarlo la chica, y en seguida él sintió la delicia de su boca empezando a succionarle sabiamente el glande. En ese momento supo que ya no podría creerle nada. Pero, como era de esperarse, se dejó hacer. ¡Y santo remedio! ○3

¡ESPECTACULAR!

El físicoculturista se miró con satisfacción en el espejo las ondulaciones duras de los abdominales orgullosamente desplegados bajo la doble coraza de sus pectorales, antes de voltear los ojos hacia ella. Ahora sí se sentían a gusto. Había sido una tarea ardua la suya, la de ambos. Y los resultados estaban al fin a la vista. ¡Ahí estaba ella ahora, ¡espectacular! (simplemente no había una mejor palabra): ¡Sonreida, desnuda, divina, dejándose mirar sin pudor!

La figura de la muchacha, al fin todo lo esbelta que su naturalmente hermoso rostro merecía para con ella armonizar, daba gusto a los amorosos ojos del hombre que la devoraban, al ansioso tacto que pronto haría de las suyas en esa tersa piel al contacto con la nueva firmeza de los apetecibles senos, del duro vientre antes flácido, de esas caderas ahora sólidas, de esos glúteos de redonda perfección, de los largos muslos tan compactos, tan acariciable su cuerpo todo.

Sí, el ejercicio realmente había logrado moldearla, convertirla en una auténtica escultura viviente.

Había valido la pena. Horas y horas de meses y meses y más meses de entrenamiento sin tregua. La plena convergencia de su admirable disciplina férrea, de una dieta gradualmente rigurosísima y del ejercicio continuo y variado, habían requerido de una voluntad a prueba de excusas fáciles y licencias. A prueba de todo. Incluso de la reiterada tentación de la cercanía de ella, antes siempre gordita o ya después acercándose a una espléndida figura, quien se le antojaba mientras redoblaba esfuerzos sudando y derrochando energía en las máquinas, con las pesas libres, haciendo rítmicos aeróbicos. Durante mucho tiempo supo controlarse, ambos pudieron hacerlo. El desfogue más bien vendría mucho después, como un aluvión, en una larga necesidad sin frenos. A menudo ahí mismo donde ahora la observaba un año después, en el duro piso de madera en la privacidad del modesto gimnasio instalado en el apartamento compartido.

No renegaron del rigor de aquella disciplina, y en las noches, después de regresar cada quien de su trabajo, siguieron entrenando durante casi un año. Se veían y sentían muy bien. Además, les encantaba la sensación de esforzarse al máximo, sudar copiosamente, y luego regocijarse el ánimo y los sentidos cogiendo como bestias hasta quedar rendidos. Pero nada es eterno y las mejores costumbres en algún momento tienden a relajarse. Poco a poco entrenaron menos y comieron más. Llegó el día en que echaron al olvido la existencia misma del gimnasio.

Empezaron, imperceptiblemente al principio, a engordar. Llegaron a ser tan glotones que de tanto hartar sus cuerpos se pusieron fofos y adquirieron considerable tamaño y peso, como grandes globos deformes que cualquiera estaría tentado a desinflar con la punta de una aguja, de puritita maldad. Y ese enorme sobrepeso los volvió lentos en sus pocos movimientos –al final renunciaron a sus empleos–, descuidados en los hábitos más cotidianos e incluso sumamente desaseados. Un deterioro que, para quienes los conocieron y admiraron en su mejor momento, bien podría calificarse como lamentable y tristemente espectacular.

Un buen día –acaso malo para ellos–, ya no tuvieron ánimo para salir de la casa. No se les volvió a ver, pues apestaban tanto que nadie quiso tampoco irlos a visitar. La verdad es que nunca se supo quién falleció primero ni de qué murieron, pero cuando al fin los encontraron había pasado tanto tiempo que de aquellas dos grandemente obesas personas que habían sido ya sólo quedaban, lado a lado sobre la enorme cama, los puros huesos. Literalmente. ∞

OTRA VEZ EL TIEMPO

Si digo que hay tres cosas del todo enigmáticas, misteriosas, sin duda surgirán las apuestas en cuanto a cuáles son. Si adelanto que una es algo concreto, tangible, y las otras dos tienen diverso grado de abstracción, las especulaciones empezarán a perfilarse un poco más. Tal vez si declaro, ya más tajante, que en las primeras épocas de la humanidad los individuos podían estar perfectamente sin ellas, y que en realidad pasaron muchos siglos antes de que tuvieran conciencia plena de su existencia y, por supuesto, de su significado, el acertijo estrecharía sus fronteras, por lo que se reduciría un poco más la posibilidad de no acertar… La verdad es que, aún así, siguen siendo ilimitadas las cosas que podrían ocupar rasgos similares a las generalidades hasta aquí esbozadas, así es que haré sin más dilación mi propuesta e intentaré una sustentación para que de una vez vayamos entrando en materia.

Los espejos son mi primera elección, ya que tienen una obvia materialidad, pero posibilitan el fenómeno de la duplicación permitiendo no obstante que lo reflejado en su superficie aparezca completamente al revés en relación con las personas o cosas que tienen al frente. Lo enigmático es justamente esa capacidad infalible, casi mágica, que tienen todos los espejos -a excepción del caso confirmado de los vampiros, claro está- de reflejar con idénticas características, los rasgos de todo lo que entre a su radio de captación visual. Y algunas veces, nos cuenta la Literatura -que, como se sabe, en el fondo nunca miente- que hay quienes entran y salen de su ámbito como Pedro por su casa, como si en ello no existiera impedimento alguno de orden material; e incluso se han dado casos de algunos seres, en realidad no se sabe si afortunados o signados por la adversidad, que habiendo entrado a un mundo especular ya nunca más vuelven a aparecer. ¿Díganme entonces si este singular enigma no comporta en su quehacer un gran misterio?

El segundo asunto son los sueños. Cada vez más estudiados y objeto de experimentos por parte de las más modernas ciencias, han sido por incontables años manjar primero de toda suerte de astrólogos, adivinos, psíquicos y charlatanes, pero también de los afanes más serenos de la parapsicología, esa franja de la investigación que nunca acaba de saberse si es o no una ciencia seria. Porque resulta que los sueños son una especie de proyección incontrolada -e incontro- lable- de una extraña película que nadie prepara de forma voluntaria, pero que se va desdoblando frente a la mirada interior de quien duerme, y que a menudo está hecha de material de nuestra propia vida, real o imaginaria, sólo que no hay manera de medir su grado de factualidad contra el de fantasía que permea la substancia de la que están hechos los sueños. Además de que del sueño a la pesadilla hay un margen intangible, que nadie parece entender cómo ni por qué se da. Y tratándose de un mundo imprevisible e insumiso, las cosas que suceden en los sueños nos complacen, nos alarman o nos dejan indiferentes, sin que exista para una cosa o la otra razón de ser conocida.

El tiempo es el tercer aspecto enigmático y profundamente misterioso que impregna en múltiples sentidos nuestras vidas. Su transcurrir es un desplazamiento que si en sí mismo no se nota ni se siente en un momento dado, su influencia y por tanto sus consecuencias pueden percibirse en otros momentos o etapas de aquello mismo -persona, situación o cosa- que deviene. Si bien se puede medir el aspecto cronológico del tiempo a través de relojes y calendarios, existen otros aspectos mucho menos tangibles que le son no sólo afines sino hasta consubstanciales a este curioso concepto. Como lo es, por ejemplo, el tiempo que transcurre sin límites ni transiciones en el diario fluir de la mente, y el que rige los sucesos reales o ficticios que se narran en las historias plasmadas en palabras en los libros, por dar sólo dos intancias sorprendentes. En todo caso, es innegable que -como alguna vez dijo alguien sabiamente- estamos hechos de tiempo. Su transcurrir nos alienta o nos atormenta, según sea el caso, y aunque a menudo ignoramos su existencia a fin de buscar cierta dosis de felicidad, para bien o para mal en algún momento tomamos conciencia plena de su influjo y asumimos las consecuencias.

* * *

El joven estudiante dio por terminado el pequeño ensayo que le habían asignado en el curso de Filosofía en su primer semestre de universidad, y cuyo tema era *"Lo enigmático en la vida cotidiana"*. Habiendo cumplido satisfactoriamente -a su juicio- con los requisitos fundamentales estipulados por el profesor (brevedad, creatividad, fluidez), tuvo una curiosa idea, de ésas que a veces le llegaban de la nada: Se dispuso a hacer ahora algo adicional; algo que por supuesto no se le había solicitado: construir un cuento usando como punto de partida el mismo ensayo, incorporándolo.

No era un curso de Creación Literaria -lamentablemente no había ninguno disponible en ese momento-, pero eso era lo de menos. Al chico le encantaba escribir en sus ratos de ocio, que a menudo eran muchos, y no desaprovechaba la oportunidad para crear cuentos, poemas y textos híbridos a partir de cualquier estímulo. Si bien los tres temas abordados en su ensayo le parecieron fascinantes desde que tuvo uso de razón, estaba convencido de que era el concepto del tiempo el que privaba abrumadoramente por encima de los demás. Porque todo ocurre en el tiempo o, misteriosamente y nada más en muy raras ocasiones, fuera de él, pensaba. No había nada que pudiera excluirlo en alguna de sus aristas. Así es que conscientemente eligió este tema como tópico central del cuento que escribiría, a sabiendas de que el desarrollo de sus historias solía tomar caminos ajenos a su voluntad, por lo que a lo mejor el bendito tiempo terminaba siendo más bien un elemento de trasfondo o, incluso, subliminal. Habría que ver. Él prefería no planear casi sus creaciones, más bien dejarse llevar por un primer impulso, que bien podía ser un conjunto de palabras surgidas al azar, una imagen, un recuerdo o una escena totalmente inventada. Por lo tanto, fue escribiendo lo que se le venía a la cabeza. No era la primera vez.

Pero resultó que lo que iba redactando era, más que la relación de sucesos, la descripción de una atmósfera o la exposición de la manera de ser o de actuar de un personaje, más bien una serie de reflexiones sobre lo que se proponía hacer; de hecho, sobre lo que ya estaba haciendo, planteadas en el texto precisamente como el procedimiento literario del que echaba mano el narrador -el cual podía perfectamente interpretarse sin ambages como su propia persona o como el escritor-protagonista de la misma historia que contaba; es decir, por su criatura. Entendió que una vez más había caído preso de un cierto proceder, propio del solitario y poco frecuentado (por los lectores) mundo de la metaficción, y se resignó a llegar en su peculiar ambiente hasta el final. No era amigo de destruir textos, prefería modificarlos o, como ahora, encaminarlos a conveniencia. Y eso hizo.

Por supuesto, le pasó lo que suele ocurrir en estos casos: el texto, más dueño de su propio devenir que de la voluntad de su autor, buscaba independizarse. Cada vez más parecía desplazarse a su propio ritmo, haciendo caso omiso del propósito inicial planteado. Estaba consciente de que hasta el momento el tiempo no era el tema central. Tampoco se le podía considerar el protagonista. Es más, por ningún lado se veía ni sentía la presencia de una verdadera historia. Incluso el supuesto protagonista, un escritor sin nombre creado como el indudable *alter ego* del autor, amenazaba con convertirse en el verdadero creador. Esto se hizo evidente cuando se miró al espejo y, aterrado, sólo vio al otro: viejo, feo, con cara de amargado. Convencido de que ése no era él –su evidente juventud y atractivo físico desmentían al espejo–, rompió de un puñetazo la dura superficie, sangrándose la mano.

Tras curarse y vendarse, malhumorado dejó de redactar y se puso a leer lo que llevaba escrito. Cuando llegó a la escena en la que se ponía a leer tras vendarse la mano, se quedó dormido, Soñó que el autor inisitía, de viva voz, en ser su creador, y le exigía no sólo respeto y humildad, sino sumisión. ¡Eso sí que no! No le gustó el tono en que le hablaba, en que casi le gritaba. En algún momento se sintió amenazado, no sabía bien si por las palabras del otro o por la percepción que de pronto tuvo de la proximidad de un desenlace trágico:

Ya se sabe que los sueños rara vez son claros o tajantes, y que la ambigüedad puede ser caldo de cultivo de la confusión.

Disgustado, se salió del sueño cuando descubrió que éste ni siquiera era el suyo, sino el del autor que reclamaba su paternidad. No supo si sucedió en un efímero segundo fuera del tiempo o si para salirse demoró lo que tarda alguien en escribir un párrafo que narrara esto que hacía. Un párrafo, maldita sea, que -ya despierto- estaba escribiendo el otro. Lo supo porque lo vio haciéndolo. Entonces, sin meditarlo, pensó de pronto en un arma; en una pequeña pistola de marca innominada -ni falta que hacía-, y ésta apareció sólida en su mano izquierda. Al menos ese rasgo lo diferenciaba del otro, quien escribía a mano con la derecha, sentado frente a un amplio escritorio, de espaldas a él, ausente de todo lo que no fuera terminar de una vez y por todas el maldito cuento.

—¡Tú, escritor de mierda! —exclamó a sus espaldas. -¡Mírame!

Lo vio voltearse despacio, sin demasiado asombro, reconocerlo, sonreír.

—Eres real, por supuesto —dijo complacido.

—Por supuesto, al menos tanto como tú -respondió su doble. —No me puedes matar porque yo te he creado —aseguró.

—¡Eso crees tú, cabrón!

El disparo fue certero, fatal. Otra vez el tiempo había juntado los hilos de una trama.

Alguien me trajo el cuento de joven Fabián Rosales, alumno mío en el primer semestre del curso de Filosofía que dicto en la Universidad de Panamá. La verdad es que he quedado atónito. Todos piensan que el pobre chico se suicidó. Basta leer el cuento para saber la verdad. Un cuento, por cierto, sorprendente, en el que todo pareciera previsto; incluso el hecho de que yo lo leyera como lo hago, me sorprendiera tanto, y dijera lo que acabo de decir. ❧

EL CUARTO DE AL LADO

Hoy es domingo. He dormido tarde y ya casi es hora de almorzar. Tendré que salir a buscar algún sitio barato. Anoche llegué a este pequeño hotel de mala muerte. Escaso de dinero, mientras busco trabajo es lo más accesible a mis limitados recursos. Pero ni siquiera hay un televisor que lo entretenga un poco a uno, y el maldito abanico de techo está medio dañado. Menos mal que mañana lunes me la pasaré todo el día en la calle y sólo vendré a dormir. Ojalá que tenga suerte y que las cartas de recomendación que traigo sirvan de algo.

Es fácil saber lo que ocurre en el cuarto de al lado. Las paredes son muy finas, parecen casi de cartón y se oye todo. Absolutamente todo. Y lo que no, uno se lo imagina. La pareja llegó temprano esta mañana y en seguida se pusieron a discutir. Ellos me despertaron. Eran verdaderos gritos y más gritos. Contrario a lo que podría pensarse, ella era la que más gritaba vulgaridades y el tipo sólo se defendía. El vocabulario de la mujer era terrible, en verdad ofensivo. A mí me daba pena por él. Lo lógico hubiera sido que se pusiera los pantalones y le entrara a golpes por semejante irrespeto, pero fue la mujer la que acabó pegándole al hombre. Oí claramente cómo se quejaba del dolor. ¡Pobre tipo! De verdad que me daba lástima, eso que llaman pena ajena. En algún momento sentí ganas de ir allá y defenderlo de tanta agresividad.

Pasaron como veinte minutos, en los que debo haber dormido otra vez. Luego estuve bien atento nuevamente a lo que sucedía. Pero el silencio era total y no parecía ocurrir nada. Llegué a la conclusión de que se habían dormido ellos también. Sin embargo no fue así. Lo sé porque poco después empezaron los gemidos de ella; se sabe por el tono, por los matices tan propios de una mujer. Aunque esta vez se notaba que más bien eran de placer. Sin duda el hombre, conociendo su punto débil, usó su experiencia y decidió neutralizarla como Dios manda, haciéndola gozar sexualmente, subiéndola a las nubes con su decidida virilidad, paliando así la reciente falla de su carácter al dejarse insultar. En ese momento sentí que los machos del mundo éramos reivindicados.

Y ahora, los gemidos, multiplicados como ráfagas vibrantes dentro de un fuelle hiperactivo, han ido subiendo rápidamente de tono. Es claro que el tipo está dándole con todo, seguro, como un verdadero hombre. Me lo imagino montado sobre la hembra, hecho una máquina, dale que dale. Y la mujer moviéndose como loca, abierta como una gran **Y** bajo su viril acometida. Luego ella rodeándole la cintura con la férrea calentura de sus piernas mientras arrecia la metralla en lo hondo de su centro y los gemidos de la hembra van en aumento, amenazan con derretir la delgadez de las paredes como un ácido disolvente. Después hay una brevísima pausa, y supongo que la ha volteado y que ahora la penetra por el ano mientras le acaricia las redondas nalgas con tal vehemencia que la enloquece al grado de que el calor de su bajo vientre funde sábanas y colchón en una sola masa informe. Ella se viene intensamente y el hombre, experimentado, logra contenerse heróico y otra vez la coloca boca arriba y en seguida entra a saco en su jugosa fronda. El zarandeo es largo, ¡el tipo es un bárbaro del ritmo, un Beni Moré del coito, qué aguante! Es tanta mi propia excitación, tanto mi orgullo solidario con el tipo, que al final me vengo junto con él en una sola descarga incontenible dentro del compartido panal de imaginada humedad apabullante de nuestra ya del todo sumisa hembra.

Cuando repongo fuerzas, descubro un hoyo en la pared a un lado de mi cama, y por supuesto mi curiosidad no tiene límites. El agujero está muy bien situado, permite una visión amplia, porque sin ser enorme tampoco es pequeño. Fácilmente puedo ver al otro lado. ¡Dios del Verbo! Veo lo que nunca debí ver. Lo suficiente para ponerme a llorar. ¡Qué desilusión, qué vergüenza! Al hombre lo han amarrado de pies y manos a la cama, boca abajo, y lo han azotado con un látigo que está tirado ahora sobre una silla. Feas marcas sanguinolentas le cruzan espalda, cintura y glúteos. ¿Lo habrán torturado o el muy idiota se dejó hacer? Seguro que le han hecho también otra cosa, porque sobre la mesita de noche veo un vibrador en forma de gran pene.

Desmayado o muerto, yace inerme sobre un pozo de humedad, la cabeza hacia un lado, la boca abierta, los ojos cerrados por completo. No hay nadie más en el cuarto. ¿Volverá ella para desamarrarlo, para saber si está vivo o muerto? Me he quedado aquí, tratando de guardar la calma, mirando por el agujero durante un buen rato. El pobre hombre no se ha movido en absoluto, nadie ha regresado. Lo he pensado mucho, y la verdad es que siento miedo de reportar lo ocurrido, de ir al lado y forzar la puerta, de involucrarme de cualquier forma. Nunca se sabe en estos casos. Capaz y queda uno enredado en el asunto, acusado de algo, sentenciado incluso. No, ¿para qué? ¿Qué necesidad tengo de eso? A veces pagan justos por pecadores, no tiene caso. ¿Qué vela tengo yo en ese entierro? La verdad es que no sé si en realidad dije en voz alta esa fúnebre palabra o si sólo la pensé, pero su sentido se hace literal en mi mente y de inmediato sus implicaciones me aceleran el corazón.

Me visto a prisa, empaco mis pocas cosas y, evitando ser visto, con mucho cuidado salgo de mi cuarto. Un poco tembloroso, como si fuera yo el que ha cometido un delito, camino por el pequeño corredor hasta llegar a las escaleras. Bajo dos pisos hasta la planta baja, en la recepción pido mi cuenta, la pago rápidamente, y como quien no quiere la cosa me voy con mi música a otra parte, y si te vi no me acuerdo. ❧

ESCALOFRÍOS

A medianoche, cada tanto tiempo, mis primos y yo experimentábamos una misma apremiante sensación de horror al darnos cuenta de que una figura inmensa pero extrañamente incierta se desplazaba lentamente en la penumbra por los largos pasillos, salas y habitaciones de la casona heredada de la abuela. Algún insospechado ruido despertaba a uno de nosotros, quien a su vez ponía en alerta a los demás. Éramos seis, hijos de tres hermanos, y cada verano pasábamos ahí las vacaciones.

Una y otra vez nos pareció -de esto hablábamos luego, impresionados todavía- que aquel ser, al no tropezarse nunca, era un ágil fantasma pese a su impresionante estatura y contundente grosor, pese a su lentitud al moverse, que volvía a recorrer sus dominios, si bien no sabíamos de nadie relacionado con el lugar que hubiera muerto en los últimos cien años y de quien esta presencia pudiera ser un alma en pena. Y esto era así tal vez porque en la casona vivían aún numerosos parientes muy mayores junto con sus sirvientes, la mayoría de éstos también de muy avanzada edad, vestigios todos de una numerosa familia de una época venida a menos. En nuestra familia, se decía siempre con orgullo y convicción impresionantes, tanto sus miembros todos como los criados gozaban de la bendición de Dios puesto que además de conservarse fundamentalmente saludables eran o estaba destinados a ser longevos. Por tanto, esta certeza colectiva hacía que mis primos y yo nos sintiéramos siempre muy felices y confiados.

Como nunca nos atrevimos a acercarnos demasiado, los movimientos de aquella enorme figura los percibíamos desde la calculada seguridad de cierta distancia como del todo morosos y espectrales, y por tanto fuera de toda normalidad. Nunca tropezaba, parecía conocer muy bien la ubicación de las cosas: los peculiares ángulos en que los viejos muebles y adornos estaban dispuestos, así como las antiguas salas y habitaciones con sus vetustas paredes, puertas y ventanas, ocupaban un espacio inalterado con el paso de los años y convergían ahora con añeja precisión con las imágenes dibujadas en alguna antigua memoria. Todo esto especulábamos una y otra vez al día siguiente de cada aparición, cuando despertábamos en cualquier rincón de la casona tras dormirnos del cansancio ocasionado por tanta tensión por estarlo vigilando sin que nos descubriera. La verdad es que nunca lo vimos desaparecer, pero tal vez era porque antes caíamos rendidos.

Pueden haber sido seis o siete veces las que, pasmados, contemplábamos aquel insólito espectáculo sin poder decir palabra, agarrados de las heladas manos pese al recalcitrante calor. La figura, muy segura de sí misma, iba y venía siempre, como midiendo los pasos, como buscando algo o a alguien, de un extremo al otro de la casona, doblando esquinas, subiendo escaleras, metiéndose a lejanas y cercanas habitaciones sin que nadie despertara y lo viera, bajando escaleras, y finalmente retomando los primeros espacios recorridos en la planta baja. Hacía indefectiblemente el mismo recorrido, como cumpliendo una manda o un castigo. Y nosotros detrás, a prudencial distancia.

Ese comportamiento, que muy pronto se nos tornó previsible, nos indujo más adelante a tratar de tenderle una trampa al misterioso ser. Más que una maldad, se trataba de una forma de tratar de descubrir quién era, qué hacía o por qué regresaba siempre y hacía el mismo aburrido trayecto. ¡Fatal error!

Una noche, apenas lo vimos emerger como de costumbre de las sombras en la gran sala en que eran recibidas las visitas -una de las cosas más extrañas era el hecho de que no lo veíamos venir nunca de ningún otro sitio que no fuera ése en el cual parecía de pronto materializarse, por más que hacia el final vigiláramos la noche entera repartidos por toda la casona previendo algún cambio en el lugar de su aparición-, me atreví a deslizarme hasta la primera puerta y colocar justo en el umbral un grueso taburete negro que ya tenía preparado ahí cerca, y que sin duda dislocaría de algún modo su paso, a menos que como buen fantasma lo atravesara. Ya antes habíamos notado que siempre caminaba con paso seguro, los brazos a los lados columpiándose suavemente, pero que la débil silueta de su cabeza se empinaba en un cierto ángulo, como mirando al cielorraso, nunca al frente o hacia abajo, lo cual añadía curiosidad a nuestra habitual sensación de estupor. Así es que no esperábamos que percibiera a tiempo el taburete. ¡Y no lo percibió!

Oímos de pronto un ruido descomunal, como de una gran mole derrumbándose. El sonido atrajo de inmediato a los demás primos dispersos por la casona. Por primera vez uno de nosotros se atrevió a encender la luz. Qué desilusión descubrir que no era un fantasma. En el piso, descalabrado, envuelto por completo el gran cuerpo en una larga toga negra, y en una capucha del mismo color la todavía incógnita cabeza, yacía alguien a quien por su enorme porte no creíamos conocer. Si su naturaleza material resultaba ahora evidente, un misterio era aún su identidad.

Creo que en ese momento todos pensamos que se trataba de un peculiar bromista ducho en trucos reiterados, quien por alguna razón conocía muy bien la casona y volvía a ella cada tanto tiempo en busca de algo repitiendo su extraño ritual. Acaso un ladrón ilusionista que, a lo Houdini, ensayaba su farsa en la oscuridad para después sacar provecho. Hasta aquí las conjeturas, sin mediar palabra, de seis deslumbrados chicos que apenas bordeábamos el inicio de la adolescencia.

¡Al recordar la escena de esa lejana noche, recupero de golpe la ráfaga de escalofríos que me sacudieron –más violentos sin duda que los que también perturbaron a los primos junto a mí– al momento de quitarle la capucha a ese hombre! ¡No era un fantasma, no, pero pese a no conocerlo, como si lo fuera!

Con el cuerpo desmadejado sobre el piso, el desconocido –después supimos algunas cosas de él: que andaba escapado de un manicomio en donde la madre lo había internado por cierta conducta pervertida, que era hijo de una de las más viejas criadas nacidas en la casona y que por tanto ahí había nacido y vivido los primeros quince años de su vida, que desde niño era sonámbulo y, por supuesto, que al caer se había herido fatalmente la cabeza– me contemplaba sin ojos, me culpaba por su muerte. Las cuencas vacías fijas en mi rostro desde su total inmovilidad, una gran mueca salpicada de sangre le torcía la boca. Obviamente, aquella fue una visión terrible para nosotros, y en ese momento no entendimos nada.

No obstante, poco después nos dijeron que la madre había muerto en su sueño esa misma noche en la casona, a los noventa y ocho años, sin enterarse siquiera de lo ocurrido con su hijo, y esa coincidencia no pudo menos que asombrar a todo el mundo. Pero seguía habiendo cabos sueltos que parecían haber quedado enterrados con los muertos.

Por mucho tiempo me atormentaron las pesadillas. La macabra expresión de aquel rostro me perseguía. Además, ¿cómo olvidar que yo había colocado el taburete al paso de aquel hombre? Sólo de grande pude despejar del todo la incógnita y aliviar la culpa. Investigué a fondo el asunto y supe entonces que se llamaba Julián Perdomo y que dos años antes de darle por meterse a la casona ciertas noches presa de sus trances de sonambulismo, durante un breve periodo de aparente lucidez en que aún lo visitaba asiduamente la madre en el manicomio y eufórico conversaba con ella, tras leer *Edipo Rey* con una mezcla de fascinación y horror, en un nuevo arranque de demencia agarró unas tijeras de podar y, gritando de dolor, al igual que el célebre protagonista de la tragedia griega se extirpó los ojos.

Yo había leído la famosa tragedia de Sófocles en un curso de literatura en la Universidad y, volviendo a la historia de Edipo, pude al fin entender el extraño meollo del asunto. No por ello dejo de sorprenderme todavía con la enigmática cadena de secuencias, consecuencias y fragmentarias coincidencias presentes en esta otra historia, verdadera, de la que fui sin saberlo un significativo eslabón. ໒

A ESTAS ALTURAS

La verdad es que a estas alturas de mi vida ya nada me sorprende. Todo me parece bastante natural, si bien no necesariamente coherente ni lógico. Porque uno se acostumbra a casi todo.

¿Por qué habría de extrañarme que esa muchachita, tan joven y maleable, tan atrayente en la ambigüedad de su imagen a la vez ingenua y deseable, tan endemoniadamente lúbrica en su aparente inocencia, si fijara en mí? Yo no estaba tan mal. Además, algo debemos tener los hombres maduros y experimentados cuya apariencia aún no declina, que a algunas jovencitas incita tan sin remedio y sin reparos haciéndolas perder la razón, al igual que nos ocurre a muchos de mi edad con ellas, que tan a menudo nos encienden la virilidad hasta límites impensables o nos la devuelven cuando ya parecía desvanecerse. Si a hombres como yo nos motiva el reto de la sinuosidad juvenil de esas tiernas formas en plena expasión, el desenfado conque a esa edad ocurre la entrega, la extraña mezcla desafiante de arrojo descarado y mal fingida contención, sin duda en algún momento algunas de ellas encuentran también en nosotros ciertos rasgos irrechazables de incentivación que acaso deriven de su deseo de aprender lo que puede aportar al desempeño de la incipiente sexualidad la fuerza del conocimiento, la experiencia y a veces hasta el dominio.

No tiene caso hablar de sus posibles complejos de Electra ni de nuestras probables fijaciones paternales, reprimidos ambos por la rigidez de una impuesta moralidad social -que por supuesto no existió durante siglos en tiempos bíblicos- y por la indeclinable sanción de lo prohibido que no prescribe con el paso del tiempo. Lo indudable es que el fenómeno es mucho más común de lo que se piensa, y que mi relación con Andrea fue prueba al canto de ello. Incluso prueba sumaria, literalmente, porque las leyes que condenan como depravadas o perversas las osadías como la nuestra no tienen piedad cuando se decide ejercer de mutuo acuerdo tal relación de forma privada pero tajante. Y esas leyes, una vez ejercidas, se aplican siempre en detrimento sólo de una de las partes: el hombre maduro cuya vocación supuestamente depredadora violó a sabiendas la sagrada norma. En nuestra sociedad no se puede rasgar con impunidad tal estigma.

Ella, que hoy cumple al fin su mayoría de edad, está libre como el dulce viento marino que por las tardes mecía su larga cabellera rubia al pasearnos por la orilla de la playa, de la mano o abrazados por la cintura, chapoteando despreocupadamente nuestra alegría. Yo, en cambio, estoy preso porque se dictaminó que los bajos instintos que mi lujuria imprudente desató por tres años en perjuicio de la pobrecita adolescente no tomaron en cuenta el freno que debió imponerme su joven y tierna edad. De nada valió que Andrea misma declarara en aquel juicio que desde el principio ejerció su total consentimiento al convertirse casi de inmediato en mi mujer, ni que aún ahora seguía enamorada de mí. Fue inútil que en un obvio afán por asumir al menos una parte de la responsabilidad, describiera incluso los detalles íntimos de nuestros juegos eróticos instigados por ella. Más bien fue peor, porque adujeron que sin duda fui yo quien la había pervertido convirtiéndola en la depravada criatura que a ratos llegó a ser. Más culpa sobre la preexistente culpa. Por gusto dije una y otra vez que también yo la amaba, que su joven y estimulante edad al igual que la lujuria misma llegaron a ser factores subalternos cuando entramos a otra fase de nuestra convivencia, una etapa en la que privó el sentimiento. Son cosas totalmente irrelevantes, aseguraron.

Y aquí estoy, ahora sí envejeciendo por minutos, muriéndome de creciente frustración y celos al suponerla en brazos de alguien mucho más joven que yo, al imaginar la intensidad de sus gemidos desdoblándose otra vez como sincopada catarata, sumida toda ella en su sorprendente capacidad de experimentar el gratísimo placer de los múltiples orgasmos.

El tiempo, ese tirano explícito en las congojas y precipitador de los peores desvaríos, pasa lento mientras permanezco en esta celda que comparto con presos comunes. Ella ya no me visita, no me llama, no me escribe. Se ha olvidado de mí, sin duda me ha reemplazado. Pocos meses le bastaron para borrarme de su mente y de su cuerpo como quien suprime con un fácil mecanismo en la computadora las letras de cualquier palabra inútil para la redacción de un mejor texto. Las de la palabra que antes me nombraba, pero que por obsoleta eliminó para siempre de su repertorio. Simplemente dejé de existir. A estas alturas lo comprendo.

Y anoche, cuando en la penumbra de esta celda dos de los cinco reos con los que comparto este sitio inmundo me violaron mientras los demás me sujetaban, entendí que en realidad sólo soy un muerto al que se castiga con el simulacro de una vida degradada que, además, se espera que humildemente agradezca. Para colmo, en este antro tenebroso las cosas son como son. No me hago ilusiones. Es probable que el hecho se repita sin remedio. No tengo fuerzas para impedirlo. La edad me ha caído encima de pronto como un enorme saco de piedras, agravada por la certeza de la indefensión. Resulta totalmente inútil protestar ante los custodios. Por desgracia, los malditos saben lo ocurrido y nada más se ríen viéndome aquí maltrecho, adolorido y por siempre humillado de bruces aún sobre el camastro.

Otra vez me abruma el tiempo, repite sus iniquidades, mancilla lo que queda de mi dignidad. Otra vez la noche, y las sombras acechándome. También yo empiezo a olvidar las letras de mi nombre, los rescoldos de la memoria se calcinan. Pero hay cosas que subsisten, se repiten… Estoy entrando en la pavorosa espiral sin retorno de un círculo vicioso, uno de los círculos que la fecunda inventiva de Dante no supo siquiera imaginar... ❧

GATO ENCERRADO

Entré a la oficina con una cara que le llamó la atención de inmediato a Juanita mi secretaria, porque en seguida me preguntó:

—¿Le pasa algo?

—No, ¿por qué? —mentí.

—Se ve angustiado, muy mal en realidad —afirmó, preocupada.

—¿Tanto se me nota? —quise saber, y me le quedé mirando.

—La verdad, sí. ¡Bastante!

—Usted sí que es observadora... Bueno, no en balde trabaja conmigo desde hace catorce años.

—Quince.

—Bueno, sí, si usted lo dice... Quince. No es poca cosa.

—En lo absoluto.

—Es lo que digo.

—¿Qué problema tiene, Ing. Ramírez? Se ve fatal, como si le hubiera pasado una aplanadora sobre el alma.

—¿Quién la nombró mi confidente?

—Usted mismo.

—¿Yo?

—Sí, usted, con su confianza y consideraciones permanentes, y porque ha depositado en mí tantas responsabilidades, y una que otra confidencia. Además, en quince años uno aprende a conocer a la gente. Si quiere que lo escuche con mucho gusto lo haré.

Necesitaba tiempo, tiempo para recuperarme mientras hablábamos, para pensar con esa otra conciencia crítica que todos tenemos latente y que en casos como éste se mantiene activa. Mi secretaria era una mujer leal y buena, y me escucharía cualquier barbaridad hasta el final. No tuve más remedio que contarle lo ocurrido en casa, pero ya al final. Antes le dije lo de la semana anterior, preámbulo ominoso a lo de ahora. Me acomodé frente a ella en el amplio sofá de la antesala en el que nunca antes me había sentado, y sabiendo que descargaba por primera vez en meses mi ser atribulado le fui relatando la creciente frialdad que había entre mi mujer y yo, las numerosas discusiones por cosas nimias, sus frecuentes y a veces inexplicables salidas, el incidente de insultos mutuos del miércoles. No quise, por supuesto, entrar en detalles, pero le dije lo suficiente como para que ella entendiera que, amando todavía a Myriam como evidentemente la amaba, mi vida había entrado en una etapa que ya se anunciaba sin salida, lo cual –según comentó después mi secretaria-, me hacía ver sumamente deprimido.

— Myriam me pedía que le tuviera paciencia —le explico hablando en pasado, como si todavía hubiera remedio, como si no hubiera sucedido lo que finalmente ocurrió—. Me aseguraba que sus cambiantes estados de ánimo y esas ganas de pelear y discutir por todo eran cosas de la menopausia, sin mayor importancia, pasajeras. Me pedía a veces que no le hiciera caso, que simplemente la ignorara hasta que se le pasara la malacrianza.

—Pues hágalo.

—No es tan sencillo. Su conducta se ha vuelto errática, demasiado liberal. No tengo ningún control sobre ella. Hace lo que se le pega la gana, dentro y fuera de la casa. Va y viene como si no tuviera marido, como si no tuviera que rendir cuentas... ¡Como si yo no existiera!

—Ya se le pasará.

—No, esas salidas inexplicables... La manera en que se viste ahora para supuestamente reunirse con sus amigas... Su falta total de interés en mis cosas, en mi persona... ¿Sabe desde cuándo no tenemos relaciones?

—¡Ingeniero! ¿No me irá a contar sus intimidades con su mujer...?

—Usted quería saber lo que me pasa, ¿no? Pues ahora lo está sabiendo. Y es sólo el principio.

—Pero no tiene que contarme todo.

—Todo. Con pelos y señales. Necesito hacerlo. Además, usted se ha declarado mi confidente.

—Bueno, no tanto. En realidad yo sólo quería ayudarlo.

—Ayúdeme, entonces.

—¿Cómo, Ingeniero?

—Escuchando los detalles.

—¿Con todo y... los pelos...?

—Y señales, sí.

—Pero...

—¿Es que no comprende? ¡En este asunto de mi mujer había gato encerrado!

—¿Había? ¿En qué sentido?

—Ella me ocultaba algo importante, disfrutaba su nueva libertad, una libertad que yo no le había dado –seguí diciendo.

—Pero es que usted no es su dueño, ella no es un ser que le pertenece.

—Eso no es lo que ella decía antes.

—¿Antes cuándo, ingeniero?

—Cuando éramos novios... Y después, cuando nos casamos. Así fue durante los tres primeros años. Siempre me decía que era mía, sólo mía, delirando de pasión..., aunque suene cursi.

—Pero es que así es siempre al principio, es parte precisamente de los momentos de pasión. Luego las cosas van cambiando, la rutina se impone, la gente se aburre un poco...

—Yo nunca me aburro. La que se empezó a aburrir fue ella.

—Lo reconoce, entonces. Ella empezó a rechazar la rutina.

—Pero es que esa rutina fue por mucho tiempo una relación muy intensa, mutuamente grata, gratísima... ¡Hacer el amor con ella era una tormenta eléctrica, un auténtico maremoto asiático!

—¿Usted sabe realmente lo que es la menopausia, ingeniero?

—Tanto como realmente... Por favor, tendría que ser mujer y en carne propia sufrirla. No gracias.

—¡Pero ha hecho usted un esfuerzo al menos por entenderla?

—¿A la menopausia o a mi mujer?

—A ambas. En estos casos son uno y el mismo fastidio prolongado y necio, créame.

—¿Usted ya pasó por eso?

—¿Usted qué cree?

—La verdad..., no sé. Soy muy mal juez de las edades, síntomas y emociones de las mujeres, de cualquier edad.

—Ese es, en parte, su problema, ingeniero. Tiene que ser más observador, más inquisitivo. Y sobre todo más tolerante y comprensivo.

—¿Cómo podía ser tolerante y comprensivo con una mujer que sin dar explicación alguna se pasaba el día entero en la calle haciendo quién sabe qué, y no regresaba a su casa hasta las once de la noche?

—¿Sólo hasta las once? ¡Yo creí que regresaba al amanecer!

—No se burle.

—No me burlo. Trato de llamarlo a la reflexión.

—¿A la reflexión? ¡Soy su maldito marido! –grité casi.

—¿Y ella qué es? ¿Quién es? ¿Realmente conoce a su esposa?

—Ya no, por supuesto.

—Hasta donde sé, ustedes no tienen hijos.

—No.

—¿Porque no quisieron tenerlos..., o porque no pudieron?

—¿Quién pide ahora detalles? Bueno, le diré. Yo no he podido dárselos, esa es la verdad.

—¿Ella resiente eso?

—No estoy seguro.

—Vamos, usted debe saberlo. ¿Se lo dijo alguna vez?

—No, por supuesto que no.

—¿Por qué por supuesto que no?

—Porque ella era incapaz de herirme de palabra...

—¿Sólo de palabra? ¿Qué teme, ingeniero? Dígame la verdad…

—Pensé que me estaba poniendo los cuernos –dije, queriendo confesarle sin más vueltas inútiles la realidad de lo ocurrido.

—¿Se los ha puesto usted?

—Por supuesto... que no.

—¿No? No le creo.

—Pues créame, porque es cierto. Resulta que yo amo a mi mujer.

—Muchos hombres aman a su mujer y le son infieles.

—Y muchas mujeres también.

—Muchas menos que hombres.

—Tal vez, eso en realidad no se sabe bien. Perdóneme, pero ocurre que ustedes no se jactan como nosotros de esas cosas, por eso se sabe menos.

—¿Por qué cree que lo está quemando?

—¡Qué feo se oye eso, ¿no?!

—Sí, perdóneme. No quise...

—Por sus pretextos para no hacer el amor... conmigo.

—Eso no quiere decir que lo esté haciendo con alguien más.

—No, claro. Pero...

—¿Pero qué?

—¡Hoy encontré pelos del maldito gato aquel! No metáforas sino auténticos pelos en su cuerpo... y otras señales.

—¿Cuál gato?

—El gato encerrado del que hablábamos.

—Al que sólo usted aludía, no yo. Explíqueme entonces qué fue lo que pasó hoy que lo tiene tan demacrado y dando vueltas en esta conversación sin aterrizar. ¡¿Qué ha pasado, Ingeniero? ¡La verdad es que usted está rarísimo…!

Y fue cuando le conté lo ocurrido. Le dije a Juanita que mi mujer llegó nuevamente tarde esa anoche y que yo ya estaba en cama dormido cuando se acostó a mi lado y se quedó rendida sin quitarse la ropa de calle. A las seis de la mañana, al levantarme para ir al baño, la claridad que llenaba ya la recámara me permitió ver entre su ensortijada cabellera negra un fugaz cabello rubio, largo y lacio, que brillaba ostentoso, por lo que llamó de inmediato mi atención. Sorprendido lo tomé entre mis dedos y lo miré a contraluz. No era suyo, definitivamente.

Después, examinando a Myriam con cuidado de pies a cabeza mientras continuaba dormida (su sueño siempre ha sido denso, inexpugnable por completo), caí en la cuenta de que no tenía puesta ropa interior alguna, cosa rarísima en ella. Lo supe porque al voltearse hacia un lado se abrió el hondo pliegue central de su vestido de botones y quedó del todo visible el amplio esplendor de su pubis. Uso el término "esplendor" -le comenté abatido a mi secretaria- no sólo como un símbolo de la belleza de su expuesta y provocativa intimidad, sino como una forma de traducir lo que, incrédulos, vieron mis ojos: varios ensortijados pelos rubios enroscados aquí y allá entre los negrísimos suyos tan conocidos. Pelos ajenos destacándose al brillar finísimos bajo la creciente luz de aquella mañana de pesadilla. Por supuesto –sollocé ante la mirada atónita de mi sectretaria sin poderme contener—, mis peores sospechas se cumplieron en ese instante de profunda humillación.

Me volví loco entonces y sin mediar palabra le fui entrando a golpes a Myriam. Al sentir el súbito dolor atroz del primer impacto y en seguida el chorro de sangre que le brotaba del hondo tajo en la mejilla izquierda, abrió los ojos aterrada. Al notarlo me paralicé. Pero seguí viendo obsesivamente en aquella parte sagrada de su cuerpo las huellas de un felino anónimo que había husmeado a sus anchas profanando lo que por mucho tiempo consideré de mi exclusiva propiedad. En seguida se desmayó, y recapacitando entonces la cargué en peso y la llevé al hospital más cercano. No di explicación alguna y de inmediato me marché, le conté a Juanita.

Ahora, por supuesto, estoy preso. Le pedí a mi secretaria -¡la pobre, tan azorada!- que llamara a la policía porque yo no tenía el valor de hacerlo. Hasta en eso dirán que fui cobarde. En realidad buscaba impedir que el doble dolor agudo que en ese momento sufría –la ofensa y mi vileza- me llevaran ahí mismo a inmolarme.

Myriam, a Dios gracias, sobrevivió a mi violencia. Pero su rostro -me cuentan-, devastado por la rabia inmensa de mis puños, tendrá que ser pacientemente reconstruido por un cirujano plástico de talento. Por supuesto, no puedo menos que lamentar lo ocurrido. Todo lo ocurrido. Las cosas, quién sabe cómo, se precipitaron y una cosa llevó a la otra. Los celos son una oleada incontenible, sobre todo cuando confirman de pronto la causa de su veracidad.

A ella la sigo amando, claro, cómo evitarlo. Por eso, ahora sí, responsable pleno de mis actos, me despido de la vida. ❧

TAL VEZ

Tal vez deba meditar esto con mayor seriedad. Siempre me he dejado llevar por los impulsos. Pero ahora me estoy jugando la vida, y todo el tiempo he pensado que con la vida no se juega. Siempre hay una primera vez, claro. ¿Voy y le toco la puerta o me doy media vuelta y me largo para mi casa? ¿Me arriesgo a que esté el marido y, en tal caso, lo enfrento de una vez por todas? Tiene fama de ser un tipo intratable, rudo, incluso violento. Casi podría jurar que le ha pegado en más de una ocasión. ¡Una verdadera bestia! Qué va, él jamás podría entender. ¡Su mujer es demasiado hermosa, increíblemente deseable! Aunque ella me ruega que no insista en tratar de rehacer nuestra relación porque es demasiado peligroso, no puedo seguir así, en medio de esta indefinición agobiante... ¿Cómo renunciar a sus besos, a sus gemidos cuando la acaricio, al furor de su entrega cada vez que todo empieza en un cruce de miradas y luego el mundo se nos desbarranca sin remedio? Ojalá abra ella y me dé tiempo a pedirle que lo deje y me acompañe sin mirar atrás, sin medir las consecuencias. Ojalá me deje mirarla como dice que sé hacerlo, taladrándola hasta que se sienta tambalear…

-¡Hola! –le dice suavemente cuando ve que es ella la que abre.

Sin arreglar, en bata, despeinada, está más apetecible que nunca. El largo silencio y la inmediata sumisión de sus ojos lo dicen todo.

-¡Hola, Marisa. Estoy sola, ¿quieres pasar? -musita, un leve temblor en su voz. ✆

Nunca ha sido tan feliz. Saandra es una chica muy joven, singularmente bella y sensual, inteligente, con un sentido del humor maravilloso. Él le lleva -parece increíble- cuarenta y cinco años, y aunque ha logrado mantenerse atlético y aceptablemente saludable y viril, la diferencia de edades, por supuesto, se nota. Además, todo el mundo lo comenta. Los sesenticinco años de Joaquín y los veinte de ella inducen a pensar que perfectamente podría ser su abuelo, de hecho eso dicen sin tapujos los que les encanta chismorrear. A veces le preocupa mucho el asunto, sobre todo por ella. Porque las mujeres son demasiado sensibles, no sólo al consabido qué dirán, sino sobre todo al qué dicen, lo cual les afecta de forma dramática. Por más brillantes que sean, a menudo se dejan influenciar por los dimes y diretes de la gente. Lamentablemente, piensa Joaquín, está en la naturaleza femenina ser así. No tiene remedio. Como tampoco lo tiene que muchos hombres de su edad se obsesionen, y a veces se enamoren perdidamente, como es su caso, de chicas muy jóvenes. Pero lo que él nunca ha sentido es celos, sin duda porque jamás le ha dado motivo. Es discreta y cariñosa en todo momento, y desde que lo conoció nunca se ha fijado ostensiblemente en chicos de su misma edad. A menudo le dice que lo ama y que con él se siente segura e inmensamente feliz, y su comportamiento social e íntimo así lo demuestran.

Se conocieron un año antes, en una concurrida fiesta realizada con motivo de la celebración del tres de noviembre en un apartamento (los mexicanos dicen "departamento") de la Colonia Roma en la ciudad de México. Desde hacía muchos años existía la costumbre de celebrar la independencia nacional reuniéndose en algún sitio los muchos panameños que viven en esa área del D.F., estudiantes la mayoría. La vio de lejos, de pie, sonriente, conversando en medio de un nutrido grupo de jóvenes, las cumbias y tamboritos a todo volumen en ese inolvidable momento. Quedó fascinado y decidió abordarla. Su prestigio de guitarrista, y sin duda su facilidad de palabra, le facilitaron las cosas. Al rato conversaban gratamente en un pequeño balcón, alejados de la gente. Ella había leído sobre música e instrumentos musicales. También era muy versada en literatura. Hablaron sobre un par de novelas clásicas y de varias actuales. Para su sorpresa la chica sabía bastante sobre esos temas y era una lectora voraz. Terminaron comentando varias obras de Hemingway y las memorias de Neruda y de García Márquez. Le asombró oírla confesar que tocaba el piano y que también ella escribía, secretamente. Ofreció, por supuesto, escucharla tocar y leer algunos de sus textos, darle su opinión, orientarla. No faltaba más. Y se citaron para dentro de dos días. En aquella ocasión siguieron hablando de música, de compositores y de libros mientras tomaban café en un pequeño restaurante de la glorieta de Insurgentes, hasta que Sandra se atrevió a mostrarle un cartapacio en el que guardaba celosamente cuatro cuentos y once poemas de su autoría.

—¿Desde cuándo escribes? –quiso saber él, ojeando con interés el primer texto.

—Desde los dieciséis años –respondió cohibida.

—¡Qué coincidencia, también yo toco la guitarra desde esa edad.

—¡Increíble!

—¿Me vas a prestar este material para leerlo con calma?

—Si prometes no enseñárselo a nadie y darme una opinión absolutamente sincera sobre mis posibilidades reales.

—Por supuesto. Pero será sólo eso, una opinión. Soy músico, no escritor.

—¿Prometes ambas cosas?

—Claro que sí.

Platicaron durante casi tres horas sin darse cuenta. Ella le contó que había llegado a México becada hacía seis meses para estudiar Sociología en la UNAM, que era chiricana, que vivía con otras tres chicas en la misma colonia en donde se conocieron, que era huérfana de padre. Él en cambio le dijo acerca de su ya larga permanencia en aquel enorme país de contrastes en el que encontró de inmediato una buena oportunidad de trabajo como corrector de estilo en una editorial de prestigio apenas se le terminó la beca que había disfrutado durante un año como "músico en residencia". Le explicó cómo por tres años había vivido *free lance* del periodismo cultural, lo cual a Sandra le pareció sorprendente y maravilloso, ya que en Panamá eso era impensable si no se estaba a sueldo del periódico. En ese momento le confesó que también él escribía, aunque sólo empezó a publicar textos sueltos a partir de su incursión en las secciones culturales de los periódicos. El hecho de que te paguen, aunque sea simbólicamente, por la publicación de un cuento, un poema, una reseña o un ensayo tuyo en cualquiera de los suplementos culturales es sin duda, le comentó, una novedad muy estimulante para un panameño. Después hablaron de conciertos recientes, de cine y teatro, de artes plásticas, de museos, y en cierto momento él le confesó que alguna vez había sido campeón de tiro en Panamá y físicoculturista. Ella lo escuchaba fascinada. En sus ratos de ocio también se ejercitaba en un gimnasio, le dijo la chica. Llegaron a la conclusión de que en más de un sentido parecían almas gemelas.

Pero lo más importante, para él al menos, era que Sandra lo hacía reír, lo cual le regocijaba el espíritu tras tantos años de recalcitrante soledad. Había preferido encerrarse a cal y canto para perfeccionar el arte de la guitarra y, además, para escribir una extensa novela que a la larga permaneció inédita, y eso le había agriado el carácter, además de empeorar su ya de por sí intensa fama de persona poco sociable. Hasta que la conoció a ella. Un tiempo después hubiera sido difícil encontrar por el rumbo en que vivía a persona más afable y dicharachera. Incluso había retomado su interés por la novela guardada, en el sentido de que se había puesto a pulirla con mucho cuidado tras años de no volverla a leer. Ya casi la tenía lista, dispuesta para someterla a lectura en la empresa editorial en la que había trabajado al llegar a México, y en donde todavía tenía buenos amigos. Conocer a esa chica lo había marcado para siempre, haciéndolo una persona más abierta, agradable y dispuesta a ayudar a los demás. Entre otras cosas, había empezado a dar clases de guitarra y tenía una columna en la página de opinión de "Novedades", periódico en el que por aquel tiempo publicaba sus célebres entrevistas Elena Poniatowska, a quien tuvo la oportunidad de conocer y, eventualmente, visitar.

Quedaron de verse a los dos días, para dar una vuelta por el Templo Mayor, a un lado del Zócalo, sitio arqueológico que por supuesto él ya se conocía muy bien, por lo que hasta le sirvió de guía, y ambos lo disfrutaron. Después siguieron viéndose varias veces a la semana. Hasta que él se armó de valor y le dijo que la quería.

Sandra, deslumbrada y tal vez agradecida, aceptó ser su mujer. Poco después, se fue a vivir con él. Durante ocho años compartió su pan, sus obras – él finalmente publicó su primera novela, y poco después entró en una impresionante y continua racha de creatividad- y su creciente dicha. Además le dio un hijo, lo cual resultó ser el más extraordinario de los dones que ambos hubieran podido recibir. Pero las críticas por la importante diferencia en sus edades se mantuvo inflexible todo ese tiempo, aunque a ratos parecía entrar en una tregua, que a la larga resultaba ser sólo eso. Incluso cuando nació el niño decidieron no esforzarse por defender, qué caso tenía, la autenticidad de su amor. Realmente hicieron de tripas corazón. Pero lo más desagradable ocurrió cuando un vecino, imprudente, le comentó a otro vecino que sin duda el viejo estaría muy contento porque al fin había nacido su anhelado bisnieto. Fue el acabose.

No deja de ser sorprendente cómo un hombre que ha sido toda su vida un ser tranquilo, apacible, incapaz de meterse con nadie ni de dar muestras de sentirse aludido por comentario avieso alguno, de repente se torna agresivo, francamente irracional. Joaquín compró esa misma tarde una pistola, le fue a tocar la puerta al atrevido y, sin más trámite, le descerrajó un tiro en la cabeza. "Para que no siga pensando estupideces", dijo simplemente después, ya más calmado en contraste con el incontenible llanto de su mujer, cuando antes de llevárselo esposado le preguntaron si el balazo había sido en la cabeza a propósito.

LO INEVITABLE

Seguro de ti mismo, sonríes, entras. Sabes perfectamente a lo que vas. Te acercas al mostrador, la ves desorbitada mirándote acercarte, le sonríes. Ella, bellísima como siempre, muy seria, inmensamente pálida como una muerta. Muerta de miedo debe estar, sin duda, pues te creía muerto. Muerto y enterrado. No muerto y virtualmente resucitado como ahora te le apareces ante sus ojos claros muy abiertos. Presientes que se va a desmayar, lo confirmas en seguida cuando súbitamente cae de lado como una joven palmera descuajada por el viento súbito de la desmesura. Entonces haces memoria y recuperas el cuadro patético de tu necesidad de una muerte inventada. Recreas la escenografía toda, los detalles esenciales de aquella parafernalia cuyos costos pagaste a través de un oscuro intermediario. El ritual del sepelio con todo y cenizas (¿de quién serían?), que luego fueron a dar a quién sabe qué ridícula cripta (mirabas de lejos, claro, y no te quedaste a averiguarlo). Y antes, las previsibles lágrimas a raudales de quien sin duda todavía realmente te amaba. Pero no duró mucho su tristeza. Lo supiste al mes siguiente, y los que vinieron después, por más de un año, por la increíble legión de galanes salidos de la nada. Más pretendientes que lograron conocer la amplitud de su lecho y el deleite de su cuerpo antes tan absurdamente pudibundo siempre en los deberes conyugales, que las dos o tres amantes de ocasión que ocuparon fragmentos de tu tiempo hurtados al aburrimiento de la rutina de esa vida estancada con ella. Entendiste que la desfachatez fue apenas un nombre para la promiscuidad rampante que por tanto tiempo fue la norma que ha llegado hasta el descomunal susto de hace un instante. Ella aún yace en el piso momentos después cuando al abrir los ojos ve a sólo unos centímetros los tuyos impasibles mirándola a destajo. Y entonces no te sorprende demasiado que vuelva a cerrarlos de golpe, para siempre. Cualquiera se aterra cuando ya ha dado un compungido adiós final, y un buen día -¡¿buen día?!- el muerto recapacita y regresa porque a fin de cuentas no hay que ser ingrato. ∽

Índice

Gato encerrado,
de Enrique Jaramillo Levi,
se terminó de imprimir digitalmente en
Universal Books en diciembre de 2006.
La edición es responsabilidad de
9 Signos Grupo Editorial S. A.
y estuvo al cuidado del autor.